選壺 養壺 與賞壺

張豐榮／編著

編審序

茶壺原本是為了因應飲茶方式而產生，古人創造茶壺的動機，無非只是居於「實用」兩個字。自從供春將茶壺藝術化之後，茶壺無論在造型或質料上都日新月異，人們對茶壺的觀念，也由原先視之為單純的工具，改變成超越「實用目的」的藝術品。

就藝術觀點而言，不管是紫砂壺、瓷壺或石壺，都各有各的優點與欣賞價值。所謂「順眼就是好」。本人以為，身為一個現代人，理應具備此一正確觀念。買壺、養壺及賞壺，首重觀念的正確，唯有如此，方能體會出茶壺真正的韻味與美感，而不致於因玩壺步上「玩物喪志」、「走火入魔」之途。

最近幾年，國內投機風氣頗盛，不少人玩壺、買壺，並非因擁有一顆懂壺、愛壺的心，完全是抱持投機心態，把茶壺視同一般商品，為牟暴利而大炒特炒，且仿冒、假造比比皆是。如此做法，不僅終將害人害己，更會對業已茁壯的「壺藝」造成莫大傷害。

豐榮真是位有心人，眼見時下風氣敗壞至極，居於愛壺心切的理念，乃四處請教玩壺前輩，廣蒐有關茶壺方面的知識與資料，花費將近一年時間，精心編輯完成這本「選壺養壺與賞壺」。本書概分三大單元，內容詳盡豐富，敘述深入淺出，面面俱到，堪稱時下愛壺者所不可或缺的一本好書。

蘇文旺 謹誌

一九九三年九月二日

編著序

隨著國內飲茶人口的大幅度增加，飲茶風氣的日益普及，泡茶、養壺與賞壺已逐漸由生活中蛻變成一種藝術活動。此一活動遍及全省，是六〇年代以來，流行最徹底、最廣泛的一項民間文化。

大家都明白，好茶使用好茶壺來泡，更能充分表現出茶的芳香口感。然而，所謂好茶壺，究竟應具備哪些條件？是否出自名家之手或明、清時代的古壺，才稱得上好壺？

其實，壺的好壞並沒有一定標準可循。只要符合個人所好、結構佳、造型美且實用功能優良，便可說是把好壺，至於是否出自名家之手並不重要。

時下紫砂壺熱方興未艾，不肖商人為投壺迷所好，不是造假明、清古壺，便是仿製當代名家壺，贗品到處充斥，真偽難辨。許多壺迷，因過於迷信「古壺或名家壺便是好壺」，結果受騙上當時有所聞。

筆者出版本書，宗旨並非要鼓勵大家買古壺或搶購名家壺，只是提供您一些有關辨識古壺，選購現代壺的必備知識，以降低往後吃虧上當的機率。

筆者個人對茶壺所秉持的一貫理念是，古壺現代壺都是壺，只要外觀美、泥質佳、好用、看得順眼，它便是我心裏的一把理想好壺。

張豐榮 謹誌

一九九三年八月

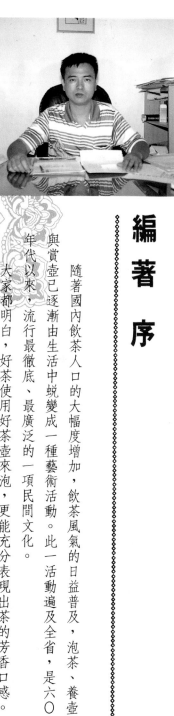

目錄

共享其樂

紫玉相珠

儲立之款

賞析　曲折流，拱橋鈕，圓方把，蓋緣折邊，折肩，折底。壺身微向外撇，凜凜有風，飄然出塵。

當代名家名壺欣賞

禪鳴紫砂壺

高柱形壺身，打破傳統，體現超逸之壺藝新風貌。乃仿盛唐銅鐘，壺體塑有微型觀音浮雕像，並藉由放大鏡，雕刻近六百字之無量壽經全文。飾有「法輪」「盤長」等佛教圖案及「禪性三昧」「日月輪迴」凸體字。現藏於廣東省博物館。

甜瓜壺

張紅華款

賞析　紫色色調，內蘊輝澤，以軸爲鈕，以葉爲蓋。自然貼塑，富有生機，鑿六條弧線，作甜瓜壺身。

玲瓏雙珍壺

鮑仲梅・施秀春款

賞析　色呈紫黑，嘴、蓋、把上有巧色精雕細琢之獸文樣，與壺身的鑲嵌金絲相呼應，巧妙絕倫。

早期朱泥壺

鳴遠款　寒夜客來茶當酒

賞析　色澤深醇古雅，截蓋的結構，使壺體與蓋面連接一體，强化造型的整體性。形制呈梨形。

早期朱泥壺

文旦款　寒夜客來茶當酒

賞析　斜流，珠鈕，彎把，採壓蓋結構，使形式稍有變化。鼓腹如球，渾圓穩重，底部漸收。

早期朱泥

樸石陶坊

賞析　長流，珠鈕，環形把，無頸，緩肩，鼓腹，斂底，假圈足。重心下沈，四平八穩，通體凝膩。

菊頂圓線壺

張紅華款

題銘　宜室宜家百年偕老

賞析　中流曲折，環柄挺立，含苞待放的菊頂，有畫龍點睛之妙。溫潤平整，造型雅緻秀逸，不失瑰麗。

早期朱泥壺

鳴遠款　一片冰心在玉壺

賞析　光潔溫潤，玲瓏有致，線條流暢，渾然成型。曲流，球鈕，彎把，無頸，緩肩，鼓腹，斂底。

日月壺

賞析　色呈紫紅，面積拓大，秀逸挺拔，奇巧新穎。豐流，彎把，平蓋，三足鼎立。鈕與壺身均飾有同款紋路。

小玉笠

賞析　色紫而沈，曲流，圓把，挺秀而立，矮頸，平肩，傾斜的壺腹，下圍向外鼓起，底漸收。

英玉壺

高洪英款

賞析　色澤沈穩，猶見亮麗，形制敦厚，古樸內斂。層層疊砌爲頸，壺身折收爲腰，仰起的嘴與把，更顯精神。

圓桶壺（四只一組）

儲立之款

賞析　色帶棕紅，泛著光澤。短流，三角鈕，中央凹陷，壺蓋隆起，突兀圓把，壺心深廣，飽滿渾厚。

紫六方壺

何燕萍款

賞析　曲流、圓把各顯風姿。橋形鈕，平蓋，六方壺身，自窄而寬，緩緩膨脹。有一份寬綽風情。

神韻壺

范建華款

賞析　色澤鮮妍如紅，造型秀緻挺立。短流，珠鈕，小圓把，壺蓋隆起，緩肩，鼓腹，斂底，圈足。

張紅華早期壺

款 中國宜興

賞析　紫紅色調，細緻溫潤，優雅古典，纖細動人。長曲流，卵形鈕，一彎細把，從豐腴至清癯，釋放風華魅力。

早期朱泥・龍蛋

源興河記

賞析　一種失控的美，在此品中表露無遺。刻意作大的比例，使壺把垂至底部，卵形壺身，別具巧思。

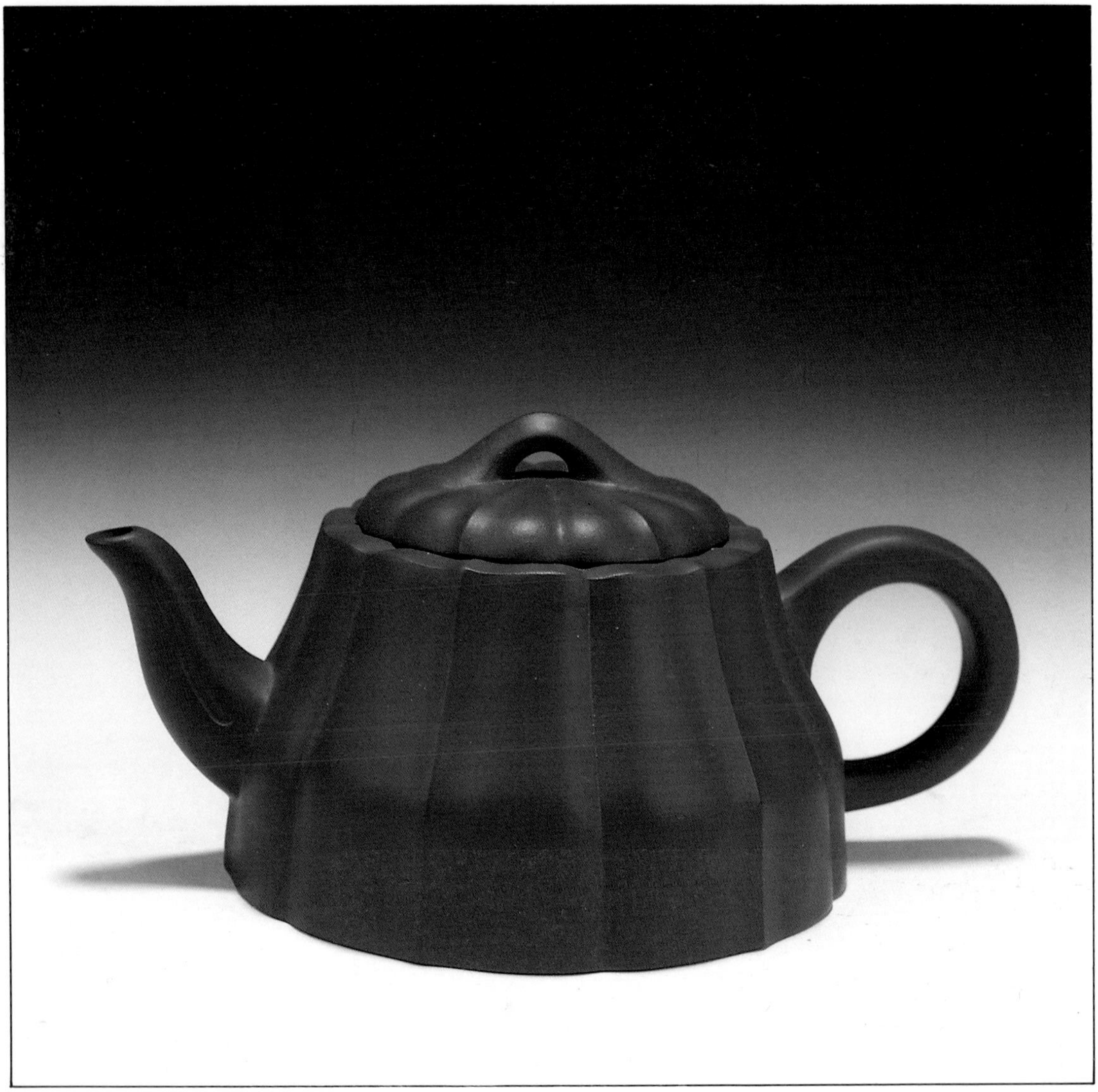

紅菱花壺

張紅華款

賞析　赭紅凝膩，泥質細密。曲流，環把，橋鈕。蓋與壺身同爲菱花紋，線條流暢，形制統一。

太極提梁壺

丁亞平款

賞析　氣韻生動，渾然一體，極致曲線，伸向太虛。意境深遠，無可比擬，細膩溫潤，飄然仙景。

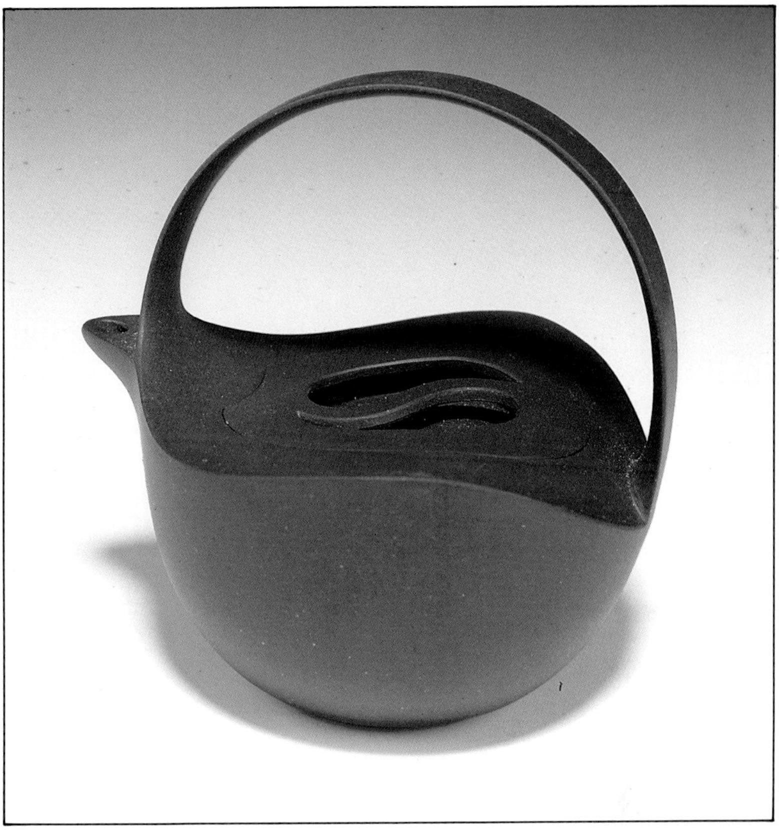

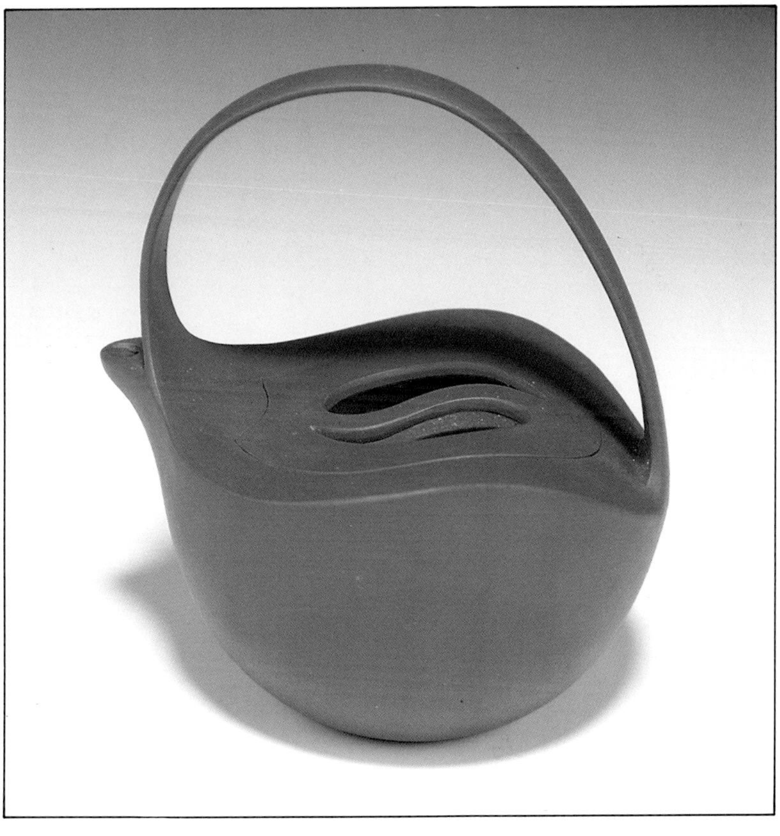

太極提梁壺

丁亞平款

賞析　色紅淡薄，氣貫沖天，虛實相融，自若壺間。形制單純，餘韻猶存，創意超然，教人激賞。

掇球壺

儲立之款

賞析　色棕而光潔，飽滿挺立。短管流，珠形鈕，環狀把，高蓋，鼓腹，斂底。無論題銘，刻畫，皆是風情。

壺中壺

施小馬款

賞析　此品由紫、黃、紅三泥塑成，形制單純卻不失華麗。壺面鋪陳的三色條紋壺，凸顯創意，帶來驚喜。

飛把蛋形壺

曹洪喜款 徐孝穆刻 程十髮畫

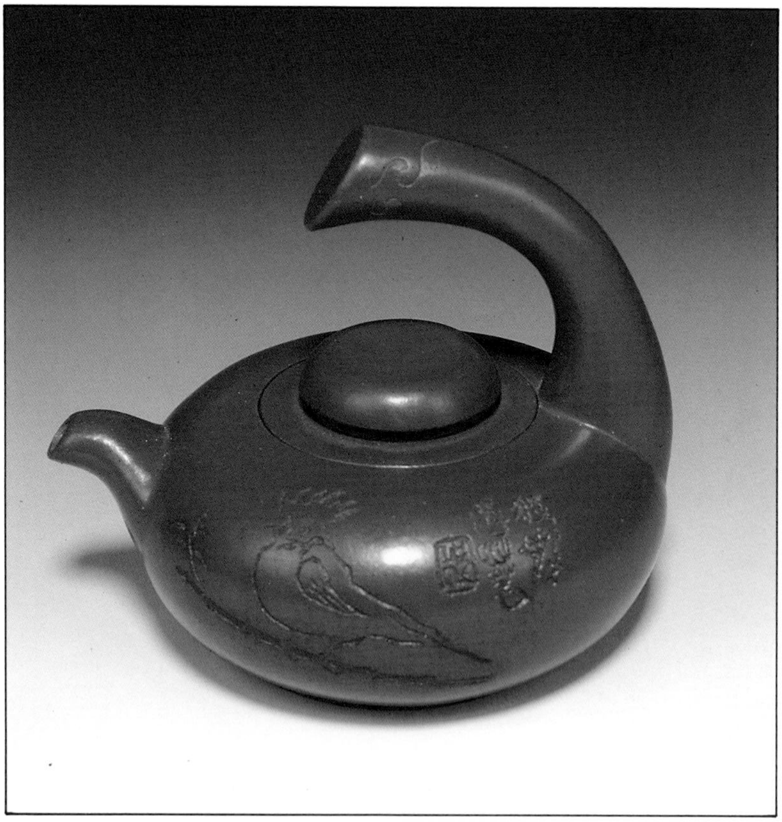

賞析 小曲流，飛弧把，蛋形壺，巧妙搭配，完美無瑕。集大師於一身的壺藝，歷久彌新，雋永千年。

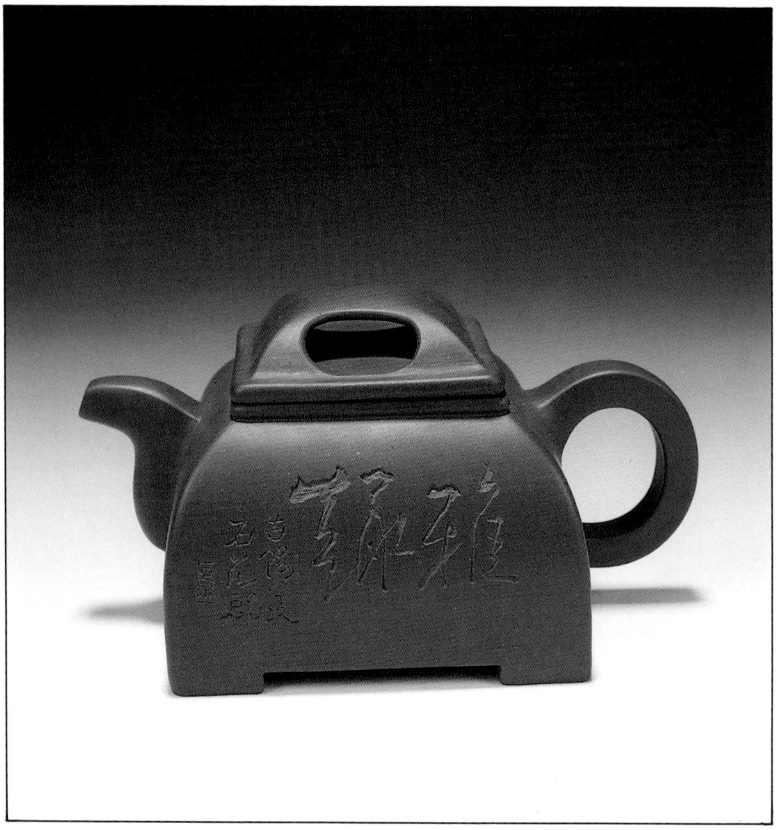

雅趣壺

陳國良款

賞析 色紫而沈，敦厚典雅，形制簡樸，富有詩意。施藝內斂，雋永不墜，有韻有緻，值得一再品味。

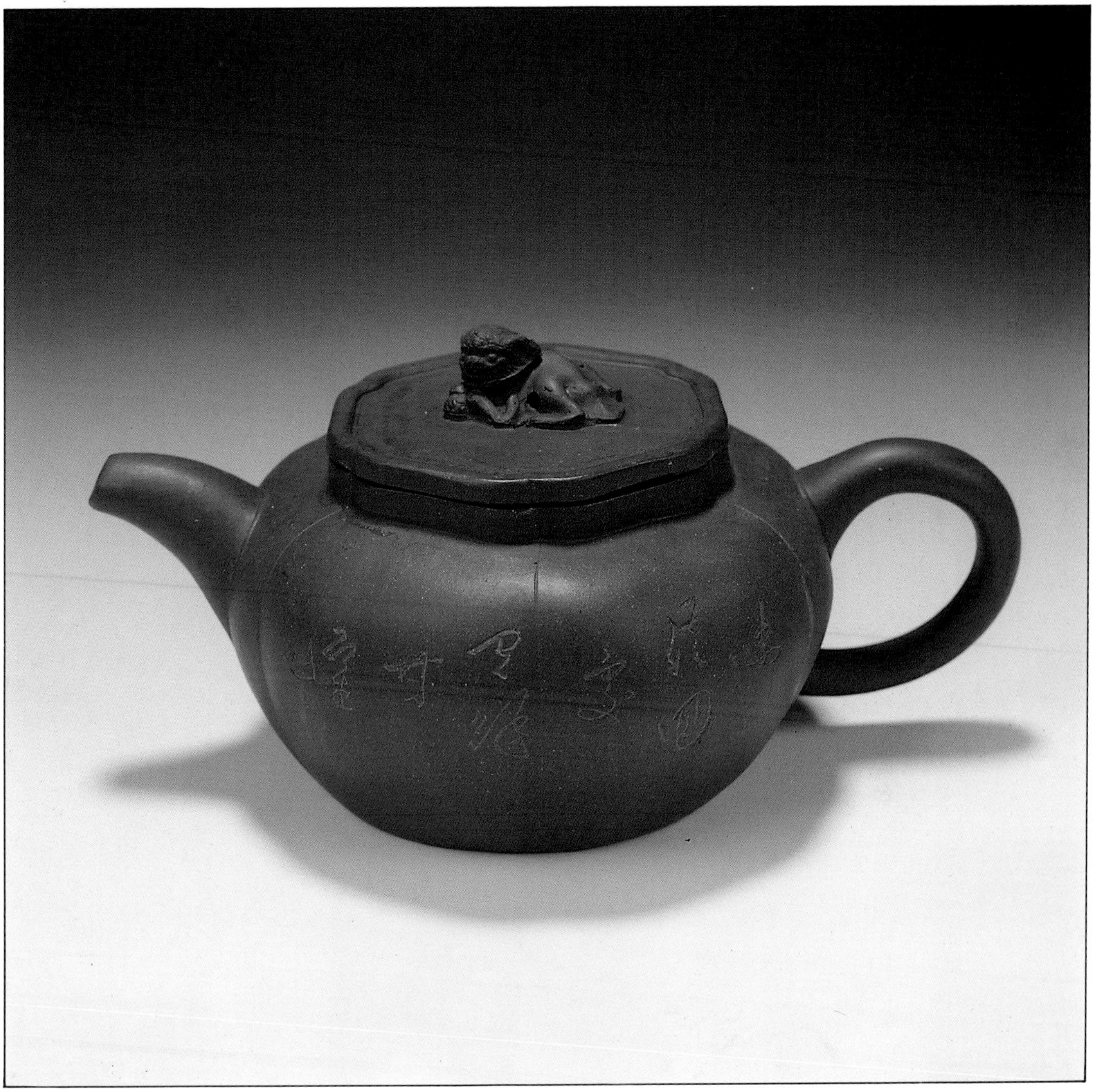

臥獅菊球壺

徐林款

賞析　卸卻光鮮，謹遵古樸。伏獅靈巧，形象逼真，菊球圓潤，輪廓完美。形制出塵，耐人尋思。

蟾蜍金錢壺

許四海款

賞析　色紫帶灰。蟾蜍作鈕，鮮活逼真，金錢貫身，雕琢細膩，壺心飾結，豐富畫面。

壽桃壺

朱可心款

賞析　披著烏衣金砂的壽桃，有幾分華貴氣息，骨感的桃枝，塑爲曲流、圓把，憑添蒼勁風采。

水仙壺

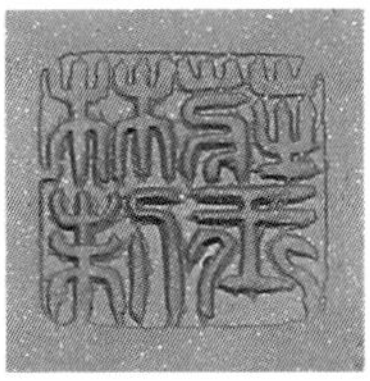

莊玉林款

賞析　銘刻水仙紋樣，纖細修長，與壺身形制融為一體，長流，長把，方鈕，直腹，底微向外撇。

水利壺

朱秀娟款

賞析　色紅帶棕，壺口緊收，形成細密皺紋，內斂含蓄，婉約動人。直流，方把，矮頸，底微向外撇。

雙圓線圓扁壺

賞析　質樸雄渾，氣度恢弘，色澤沈穩，寧馨自若。豐流，圓鈕，碩環把，高蓋，溜肩，扁腹。

段泥菊井壺

張紅華款

賞析　段泥色調，樸拙洗練，陳舊風格，令人懷古。形制單純，不重華麗，簡單大方，不見繁複。

菊井壺

崔國琴款

賞析　色澤紅潤，紋理細緻，蓋面花紋，玲瓏可愛。管狀流，環形把，寬壺身。形制廣達而規律。

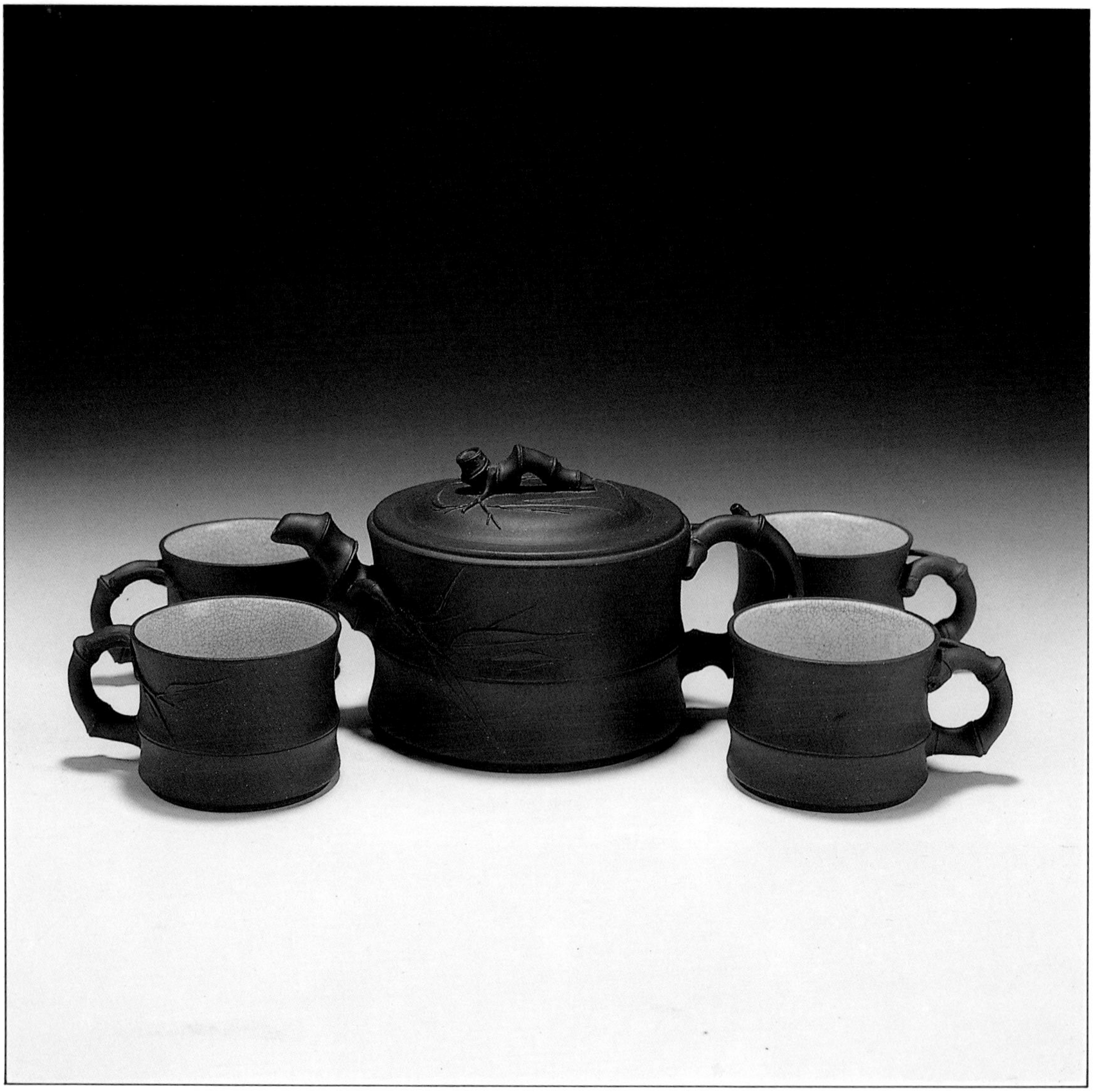

綠竹段茶具

朱可心款

賞析　形制以竹爲題，瀟洒飄逸，清秀挺拔，竹幹蒼勁青翠，富有生命魄力。實爲可貴的清新小品。

有殼蝸牛

何燕萍款

賞析　棕綠與磚紅的組合，使通俗的形制顯得耀眼，創意的龜裂，鋪陳壺面，讓人領略另一種壺藝風情。

寶稜如意壺

施小馬款

賞析　形制扁圓，色紫而沈，雅緻端麗，秀逸清新。長曲流，橋形鈕，環狀把，蓋與身凹曲一致，富整體感。

僧帽壺

曹婉芬款

賞析　色紫略帶黑，平流，僧帽鈕與蓋，內圓外旋把，寬頸，鼓腹，由廣漸窄，流暢而下，富律動美。

如鑄壺

謝曼倫款

賞析　色呈棕紅，形制新穎，純樸獷野，落拓不羈。短流紮實，如帽壺蓋，方形提把，寬廣壺心。

仿古壺

程暉款

壺底款　中國宜興

賞析　暗沈的朱泥色系，顯露典雅風情。長曲流，立鈕，寬頸，肩上附有左右兩耳，平緩的壺腹至底部漸收。

常薀壺

周六妹款

賞析　色呈紫黑，無鈕，短流，環把，鼓腹，斂底，圈足。中腰繫一環結繩，在壺心處編結，典雅細緻。

葵蓋四方壺

莊玉林款

賞析　褪去傳統圓壺的外衣，改採方正昂揚的形制，令人耳目一新。長流、長把、葵蓋皆是特色。

皮包壺

曹婉芬款

賞析　創意架構，令人激賞，推陳出新，值得稱揚。細緻鍊條，平行延續，雙曲環把，溫柔掌握，外加四方護角。

綠泥高竹壺

季益順款

賞析　色澤沈穩，高竹挺立，超逸脫俗，渾厚端莊。竹節作流、塑鈕、飾把。竹葉自流而蔓生，飄逸雅緻。

文革時期 燈龍壺

燈龍壺款

賞析　赤褐色調，勻稱自然，形制簡單，樸實無華。長曲流，珠鈕，圓把，採嵌蓋形式，鼓腹，斂底。

棠雲壺

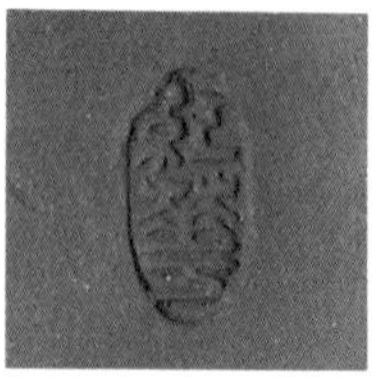

紅華款

賞析　形制扁圓而婉轉，流暢的鑿痕交錯於壺面，形成圓的幾何圖，加上植物的瓜軸與蒂，洋溢生機。

壹、藝術珍品話茶壺

明朝正德年間，宜興藝術化紫砂壺正式問世（異獸壺）。

現代人喝茶，以茶杯（古稱茶盞）爲主；而盛行於近十多年來的老人茶（工夫茶），所使用的主要茶具是茶壺。

唐代流行煎茶，宋代盛行鬥茶，因此只用「茶盞」（現代稱茶杯），不用茶壺，直到明代改採瀹茶飲法之後，才開始出現所謂的「茶壺」。

明朝正德年間，宜興藝術化紫砂茶壺正式問世，從此奠定玩壺賞壺基礎。而後製壺名手輩出，一代傳過一代。在數百年的傳承過程中，歷代製壺家陸續鑽研創新，使得原本只是飲茶用具的茶壺，竟能躍登藝術之林，成爲海內外鑑賞家、嗜茶者爭相搶購、玩賞的珍品。

瓷器茶具在宋代頗受重視

茶具與茶葉關係密切

茶壺源流考

依據文獻的記載，我國的飲茶文化可追溯到神農時代，歷史相當悠久。初期的飲茶，只著重在茶的藥效上，與人們的日常生活毫不相關。

唐、宋以後，飲茶風氣大盛，飲茶人口與日俱增，飲茶藝術於焉誕生。

茶具與茶葉關係密切，縱觀飲茶歷史可知，茶具款式每每隨著茶葉的製造型態與飲茶方式而改變。

明代以前，只有茶盞沒有茶壺。到了明代才正式出現茶壺。正由於茶壺的問世，人們飲茶，除了過去唐、宋時代的「聞茶香、品茶味」外，又多了一項情趣，即「賞茶壺、玩茶壺」。

茶壺以宜興紫砂壺爲最優，因它具有「香不渙散、味不耽擱」的效果，加上形美質佳，故深受歷代嗜茶人士及鑑賞家的鍾愛，堪稱中國第一名壺。

飲茶器具的演進

我國飲茶藝術是到了唐代才成形。那時候，飲茶人士不僅強調茶葉的色、香、味，同時重視飲茶器具的實用性與外形美。陸羽『茶經』（原文參照附錄一）中提到，唐代的飲茶器具分爲風爐、筥（炭斗）、火筴（火箸）、交床（鍋墊子）、夾、紙囊、碾、羅合（篩子）……等二十餘種，每一種都有各自的用途與固定樣式。

到了宋代，人們對飲茶器具的講究程度，遠非唐代可比。宋代茶具，極力要求造型的精巧、美觀。在製造材料方面，基本上雖以陶、瓷爲主，但有不少茶具，竟以金、銀、玉等材料製造，奢華之風由此可見。

明代之後，開始流行「炒菁」的製茶

茶壺主要分爲紫砂壺與瓷壺兩大類

近代仿古作品維妙維肖（饕餮壺　曹洪喜製）

法，茶葉形式由過去的固形茶，改變成散形茶。飲茶方式亦隨之改變且日趨簡便。人們不再稱「煮茶」，而改稱「泡茶」。

泡茶所使用的器具——茶壺，正式出現於明代。茶壺的種類主要分爲紫砂壺和瓷壺兩大類。若單就茶壺而言，不管是紫砂壺或瓷壺，都是在明代創始、發揚光大，並臻於藝術化境界。不過，若要談論所謂的「茶道」，則明代遠不如唐、宋時期來得講究。

入淸以來，諸多製壺藝人，一方面延襲明代製壺名家的技術，另方面本著個人匠心獨運的巧思與創意，製造出無數名壺珍品。更有製壺家，與當代文人雅士相結合，共同創作出融合了書法、繪畫、文學、篆刻等傳統藝術於一身的神品。

淸末民初，流行復古造型，製壺家仿製古壺一時蔚爲風氣。然而，在仿古之餘，製壺家也常會憑其纖細的構思，創造出異於古壺的獨特作品。

一九五四年，中共成立「紫砂生產合作社」（後改稱宜興紫砂一廠），召集老一代製壺名手，從事紫砂壺的製作與培育人才工作。經過十多年的努力，目前已培育出數十位新一代的製壺藝人。這些新藝人，不但繼承明、淸以來的傳統特色，同時因受現代思想、藝術的影響，獨創出不少風格迥異，造型典雅精巧的現代壺。

宜興紫砂壺

日常人們用來喝茶的器具，主要爲茶壺與茶杯。一般所見，莫不是一只茶壺配四、五個茶杯，且大都爲瓷器或陶器。

明代發明，由淸代承襲並進一步發揚光大的茶壺當中，影響後世最深。最受後人稱道與喜愛的，是宜興紫砂壺。

一、陶都宜興與紫砂壺

「人間珠玉安足取，豈如陽羨溪頭一丸土」。

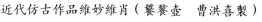

宜興古名陽羨，位於長江南岸，太湖旁邊，是個以出產紫砂陶土而聞名的歷史古城，有「陶都」之雅稱。

明、淸時期，宜興因出產紫砂陶器的關係，吸引無數文人雅士前來，使得本地充滿無限的文化氣息。在文人墨客與陶藝家的結合下，孕育出「綜古今、極變化、技近乎道」的紫砂名壺。

近些年來，大陸一些學術單位積極研究、分析紫砂壺，發現紫砂泥(紫砂壺的原料)的成份，含有石英、高嶺土、赤鐵礦和雲母等。在成壺的過程中，窯溫高達攝氏一千一百度到一千二百度之間。燒成後，紫砂泥的分子構造產生巨大變化，形成具有開口氣孔與閉口氣孔的特殊結構體。

正由於紫砂壺擁有上述細密固定的氣孔率，與良好的透氣性，因此，用來泡茶，在實用性能上，具有諸多他類茶具所無法比擬的優點。

宋代鬥茶圖

「**泡茶不走味、貯茶不變色，暑天泡茶隔夜不易變餿**」。使用紫砂壺泡茶，不但茶味特別香酥，且能保持原味，久放不會產生異味。其次，紫砂壺土胎細滑光潤，色彩純樸典雅、造型精巧可愛，實用之外兼具無比的欣賞、藝術價值。

二、紫砂壺的起源

「**世間茶具稱為首**」這是世人對紫砂壺的一句讚美詞。宜興紫砂壺創始明正德年間，然而在其背後，卻肩負著一段漫長的歷史意義與演進。有關宜興紫砂壺的起源，大概可歸納成三種說法。即「**神話說**」、「**事實說**」與「**考古說**」。

(一)神話說

明人周高起所著『陽羨茗壺系』(原文參照附錄二)一書中有如下的記載：「有一名古怪老僧人經過宜興，某天對著村人高喊：『賣富貴啊！賣富貴啊！』村人都笑他是個瘋子，不予理會。怪僧見沒人相信，又對村人說道：『貴不要買，那麼買富怎麼樣？』於是就引導村民到山上去，指出山中產土的地方後便離去。村民根據怪僧所指的地方，把土挖開，果然見到色彩斑斕的泥土。』(請參照「陽羨茗壺系」原文)。

這是陽羨茗壺系所載，有關發現宜興紫陶砂土的一項民間傳說。後來村民使用該處的陶土，所製造出來的茶壺，質佳色美，無與倫比。就科學觀點而言，這不過是個「神話」、「傳說」，可信度不高。然而，利用宜興所產陶土製壺，色彩多變、土胎特優都是不爭的事實。

(二)事實說

◀仿古壺（四方傳獸壺）

▼仿供春壺（樹癭壺）

陽羨茗壺系「創始」章節記載如下：「宜興金沙寺有一名和尚，因年代久遠，已不知這個和尚的名字。根據製陶家所說，這位和尚性情悠閒雅緻，常到製作陶缸、陶甕的工人處，揉打細土，加以澄練，然後捏成胎，做成圓形，挖出裏面的部份，裝上壺嘴、柄、蓋，放入窯內燒成形。後人便紛紛仿效製作、使用」。這段記載，明白指出，宜興金山寺中的那位不知名和尚，是宜興紫砂壺的創始之祖。

㈢考古說

根據民國初年，一些歷史、考古學家的考證、研究所得資料顯示，遠在宋朝中期，宜興業已開始燒製紫砂壺，只是當時只重實用性，不講求美觀，因此一直未受世人重視。

除了上述三種說法之外，近代也有人認爲紫砂壺應起源自「供春」。即供春是紫砂壺的創始人。

經過筆者多方面綜合、比較各種文獻、資料後以爲，供春應非宜興紫砂壺的原創人，但他卻是開啟「宜興紫砂壺藝術化」的第一人。紫砂壺之所以能有今天，供春功不可沒。

究竟那一種說法正確，今人無法論斷。不過，從現有文獻資料的記載中，可以肯定的一點是，若單就茶壺的演進變化而言，不管是瓷器茶壺或是紫砂茶具，在茶道鼎盛的唐、宋時代，反而不受重視。明、清之後，因出現了多位製壺名手，才使得宜興紫砂壺步入藝術化、玩賞化之途，造型逐漸臻於高雅，完美的境界。

三、紫砂壺的發展歷史

從前面章節裏可知，大約到了明代中葉（正德年），宜興紫砂壺才正式邁入藝術化、玩賞化的階段。

供春把紫砂壺帶入藝術化領域後，接著，到了明萬曆年間，出現四位製壺名家，即董翰、趙梁、元暢、時朋四人。這四位名家的作品，各具風格與特色，對後代影響很深。其中董翰始創菱花式，趙梁擅長提梁壺，元暢手工巧妙高雅，時朋作品強調古雅拙樸。

繼承四大製壺名家的，是至今仍爲後人推崇備至的「紫砂壺三大妙手」時代。所謂三大妙手，分別是指時大彬、李仲芳及徐友泉三人。三人當中，以時大彬的技

孟臣款　寒夜客來茶當酒

賞析　長流，珠鈕，環形把，無頸，緩肩，扁腹。嘴與把相互呼應，線條俐落，修整圓滑。雅逸光貨。

早期朱泥

早期朱泥壺（底款　孟臣印）

藝最高，最受後人稱許。時大彬的作品「不務研媚而樸雅堅致，妙不可思」。他起初只製作大型壺，後來爲因應時代所需，乃著手捏製小型壺。

李仲芳又名大仲，與時大彬齊名，作品中最爲後人稱道的，是甜瓜狀小圓壺。而徐友泉本非製陶者，後拜大彬爲師，學習製壺。作品以仿古銅器的造型最爲突出。

三大妙手時代，堪稱是紫砂壺藝達到頂峰的時期，即使幾百年後的今天，鑑賞、愛壺家們，只要提到紫砂壺，莫不以擁有三大妙手的作品爲樂、爲榮。

明末（天啓年間）的製壺家，以名聞遐邇的「孟臣壺」作者惠孟臣爲代表。孟臣製壺以小型壺著稱，作品精妙可愛，對後代製壺家的影響至深且遠。

清代宜興製壺家，在延襲明代之餘，亦自創獨特風格。清代也出現不少位製壺名手，其中最具代表性且重要的製壺家，有陳鳴遠（康熙年代）、惠逸公（雍正年代）、陳曼生（又名鴻壽，乾隆、嘉慶年代）、楊彭年（嘉慶年代）、邵二泉（嘉慶年代）、瞿應紹（嘉慶、道光年代）、王寅春（清末民初）等人。

陳鳴遠的作品洋溢自然氣息，造型已達出神入化的境界，世人讚譽他是繼時大彬之後最偉大的製壺家。惠逸公的作品工巧可愛，不輸孟臣壺。陳曼生本身並非陶工，但其是將詩畫與茶壺相結合的第一人。他與楊彭年、邵二泉共同設計十八種壺型，人稱「曼生壺」。瞿應紹擅長將梅竹、詩詞等刻於壺身上。王寅春爲近代製壺名家，作品仍以小壺爲主，雖以仿古居多，但其中不乏別具雅趣，風格獨特的創新作品。

台灣玩壺小史

本省大約從民國六十年代，逐漸開啓玩壺、賞壺風氣。根據筆者猶新的記憶，在國小時期（民國五十幾年），家中擁有兩、三塊山坡地，這些山坡地都栽種茶樹（紅茶），每當採茶季節（通常在春天）一到，大人便忙著採茶，小孩子三、五成群，趕著水牛在山坡上吃草。

採回家的茶菁，留下一小部份，由家母用大鼎（大炒菜鍋）炒，炒好了便裝入小瓦缸中供自家用，其他大部份茶菁則送至附近茶廠出售。

掇球壺（儲立之製）

筆者所收藏的方型壺

記得那時候，都是使用大茶壺泡茶。通常是用大鼎燒開水，水開後，便將滾水倒入預先裝茶葉的大茶壺中。就這樣茶葉也不撈掉，一直浸到這壺茶水喝完再將茶葉取出倒掉。那時候喝茶，都是一大杯一大杯猛灌，純粹只爲了解渴，根本談不上什麼「聞茶香、品茶味」。

上大學之後，台灣經濟慢慢好轉，國人生活逐漸改善，泡老人茶的風氣漸開。到了七〇年代，國人生活水準大幅提昇，泡老人茶的習尙幾近普及化。隨著泡茶、喝茶人口的與日俱增，玩賞紫砂壺的人口也自然逐日增多。

一、飲茶帶動玩壺風氣

飲茶人口大增，飲茶風氣大盛，玩壺、賞壺普遍化、家庭化以後，人們無不以手上能擁有幾把名貴紫砂壺爲樂、爲傲。

每當三、五好友聚集一處泡茶閒聊之際，玩壺、賞壺成了不可或缺的情趣。

再者，近十多年來，本省茶農在農業單位的助力下，積極改良茶種，更新製茶機具，提昇製茶技術，使得省產茶葉品質一日千里，其中尤以烏龍茶、包種茶成就更是非凡。

好茶總需以好茶壺來泡，才能充份表現出茶的芳香口感。如衆所周知，宜興紫砂壺具備「泡茶經久不變味及保茶眞味」的好處。故紫砂壺成了公認最適當的泡茶器具。

二、兼具實用與藝術價值

猶記得本省泡茶風氣初開的前幾年，一般人對於泡茶的茶壺，並無非紫砂壺不可的觀念。那個時候，到處可見人們或用蓋杯（瓷器）泡茶，或用瓷壺泡茶。

隨著人們品茶知識的提昇、豐富，大家充份領會出「壺小則香不渙散，味不耽擱」的道理。而以紫砂壺所泡出來的茶，無論是茶色、茶香或茶味，均非瓷器茶壺所能比。

其次，就茶具的造型而言，瓷器過去因受官窯限制，故造型大同小異，沒什麼變化可言。紫砂壺則不然，它完全可依製作者的構思、創意自由發揮，非僅造型奇特、變化多端，或圓或方、或大或小、或植物或動物都可隨心所欲，且質地細膩，均是人見人愛的玩賞珍品。兼具實用與藝

石茶盤與石茶壺是壺界新寵兒，前景看好（鐵丸石茶盤）。

術兩方面的價值，是紫砂壺能在本省廣受人們喜愛的主要因素。

異軍突起話石壺

宜興紫砂壺風行本省十餘年，其普遍率堪稱世界第一，幾乎已達家家戶戶都有的地步。然而，有歸有，其中作品的優劣卻可能有天壤之別。

在中共政府積極培育紫砂壺製作人才下，至今列名高級工藝美術師的人數，也只有十餘位，這些高級工藝美術師的作品數量不多，在當今市場上炙手可熱，得之不易，售價動輒幾萬到數十萬不等，實非一般玩家所買得起。

泡茶、養壺、賞壺是生活也是藝術，此一活動遍及全省，是六十年代以來，流行最普遍的民間文化。

一、石壺比美紫砂壺

創新求變是藝術家的主要精神之一。在長期受到紫砂壺藝術的洗禮下，一些石雕家、玩石家紛紛嘗試以石頭來雕製茶壺

張運樹作品憨厚純真（黑膽石）

陳世文作品型美胎薄（青斗石）

。結果他們發現，以石頭爲材料的石壺，在實用功能上比諸紫砂壺毫不遜色，在造型、雕刻上別具風味，且具紫砂壺所沒有的野趣。因此，石壺甫一問世，立即受到玩壺者的重視與搶購。

石壺是選用石質極佳的石頭，藉助石雕家上乘雕刻技術完成，無論是造型或藝術性，都足以比美紫砂壺，符合多樣化、新奇化的時代要求。

經過多年的經驗累積、比較，使用者（鑑賞收藏家、玩壺者）與製作者之間的長期交換之心得下，石壺業已在壺藝界攻佔一席之地。

二、朝「二分化」邁進

石壺因石頭質料的千差萬別，導致發展方向呈明顯的「二分化」。其一是純雕刻、欣賞化。其二是實用、藝術化。以下就此二大方向概略敘述之。

㈠純雕刻、欣賞化石壺

有些石種密度、硬度不夠，不符合作爲茶壺的條件。但是，正由於這類石頭硬度低，雕、挖容易，故在雕製工作上往往可隨心所欲，造型變化無窮，雕工細緻精美，所完成的作品，本身即稱得上是件雕刻藝術品，雖不適合用來泡茶，但卻不失其欣賞價值。

近來，更有少數石壺製作者，與藝術家結合，仿效陳曼生（曼生壺創始者，提倡在壺身上鐫刻詩、畫）的作法，在石壺身上刻詩、刻畫。

屬於純雕刻、欣賞化的石壺，有端溪石壺、艧村石壺、尼山名壺（以上爲大陸產）、木紋石壺、青斗石壺、玉壺等。

㈡實用、藝術化石壺

本省所產的岩石當中，有不少屬於上等石材，頗適合雕製石壺。利用這類高級石材所完成的作品，不但實用功能不失給紫砂壺，而且，其雕刻藝術價值，比之紫砂壺有過之無不及。

這一類作品，不講求奇巧的雕工，而是著重於如何表現樸拙感和自然美，及能否將茶味、茶香發揮到極致。作品的造型，或依石頭原有形狀、色澤來發揮，取自然之勢；或以農村農具爲標本，強調鄉間情懷；或以古代器皿爲對象，講求古拙幽雅。

（上）詹俊能獨創的卡鎖實用性佳。（下）石壺鑽出水小孔（非具高度技術不可）。（右上）劉盛龍構思新穎，技術練達。（右下）陳世文作品典雅細緻。

適合雕製成實用、藝術化石壺的石材，有黑石膽、石心、鐵丸石、黃蠟石、油羅石、龜甲石、黑石、花玉等。

三、石壺雕製名人錄

石壺的歷史很短，從事石壺雕製工作的石雕家不多，所雕製完成的作品，具一定水準且深獲好評與喜愛的石雕藝人更是少見。

●林岳宗　玩石、雕石壺名家。雕石壺強調自然美與樸拙感。玩石、雕石壺造詣俱高。使用石材以黃蠟石爲主。

●侯順利　原石雕刻家。擅雕石膽、花玉、石心等石材。所雕製作品，造型神韻天成，雕刻藝術表現非凡，獨具風貌。

●陳世文　名石壺雕製家。常以青斗石爲雕壺石材。所雕石壺型美胎薄、雕工精巧細膩，作品深受愛壺者喜愛。

●李曜宗　黑石膽壺雕製名家。石雕技術無師自通。作品或順石質紋理、石材形狀，展現自然的拙趣；或投注無比心力與技術，雕製出造型溫潤、勻稱、典雅細緻的作品。

●詹俊能　石壺雕製新秀。本著農村憨厚

的個性，自己找尋石材、自己想造型、自己切、自己刻……，一切都是自己來。取用石材以埔里特產黑石膽石心為主。

詹俊能雕石壺，無時無刻不在求新求變，出水口鑽「蜂巢孔」、獨創壺蓋「卡鎖」(可防壺蓋掉落)，皆屬絕無僅有的高難度創作。作品廣受好評，供不應求。今年新作品「農村三寶」，無論材質、雕工與題材均屬一流，被喻為「石壺至品」。

●劉盛龍　石壺雕刻後起之秀。構思新穎，技術練達。作品或以造型奇特取勝，或以詩畫表現瀟灑，人見人愛。

●張運樹　石壺名雕家。所雕製的作品，平淡中帶有神韻，憨厚裏洋溢純真，樸實但不失生動。

●曹子奇　大陸上海人，當代硯雕、石壺名家，所雕製的硯、石壺，具有魏晉的粗獷，不失盛唐的華麗，風格特殊。石壺作品廣受台灣壺迷喜愛，硯雕作品在日本備受欣賞。

玉壺純供觀賞用

茶壺城談茶壺

周坤城簡介

●知名玩壺、收藏家
●集壺齋主人
●金銀首飾鑑定家

經常有一些朋友、顧客問我，如何選擇一把好壺？

其實，一把壺的好壞標準，因人而異。一把幾萬元的壺可以泡壺好茶，而一把幾百元的壺同樣可以泡壺好茶。因此，所謂好壺壞壺，並沒有一定的「鐵則」可尋。不過，一提到茶壺，國人不論有無泡茶經驗，都公認宜興紫砂壺是最好的。

我的第一把壺「朱泥標準水平壺」是先父遺留下來的，大約有二十年歷史，是先父與友人至基隆委託行買的。

十六年前，我開始對茶壺產生興趣。在那個時候，市售茶壺大都是標準水平壺之類，茶壺造型變化不大。近幾年來，隨著經濟水準的提昇、生活的富裕，愛壺同好逐漸改變玩賞目標，爭相搶購所謂的「高檔品」、「創作品」。在供不應求的情況下，這些「高檔品、創作品」頓時水漲船高，價格狂飆，動輒數萬、數十萬，甚至上百萬一把的離譜情形都有。

姑且不管價格的高低，若能買到真品倒還無所謂。偏偏有不少不肖壺商，以贋品充當真品銷售，只要稍一不慎，便可能傷財受騙。

因此，以我個人十多年來的買壺經驗，買壺首要是看土胎的優劣？其次看樣式作工是否細膩？價格是否合理？這三點都符合理想才買。

一般而言，一個玩壺者玩到某層次後，都會希望能擁有所謂的「名家壺」或「古壺」。因為沒有一個人不認為，這類高檔壺數量有限，具有保值功能，價格只會漲不會跌。具有上述心態者為數不少，本人亦屬其中一個。不過，我在此誠心奉勸讀者壺友，愛壺、玩壺是一種興趣，一種休閒，千萬不要因玩物而喪志。買壺務必量入為出，只要自己喜歡、實用，算一算荷包買得起就可以，名家與否總不那麼重要。

很高興今年年初能如願開了一家茶壺店（集壺齋）。十幾年來所收集的四千餘把古今大小壺，擺滿了整間店面的櫥櫃，每天總或多或少會來些愛壺同好，邊品茶邊論壺、賞壺，日子過得既充實又快樂。坦白說，我之所以能有今天，完全要感謝十多年來老婆的「寬容大量」。

去年年底，好友豐榮為出版「選壺養壺與賞壺」的書，請我提供一些資料。由於當時正忙著籌備「集壺齋」的開店事宜，一拖就拖了近半年時間。最近才將豐榮所要的資料收集齊全，並提供給他。但願這本「選壺養壺與賞壺」的出版，能匡正時下不當的玩壺、賞壺觀念，引導愛壺者步上正確的買壺、養壺與賞壺途徑。

集壺齋開幕時，高級工藝美術師儲立之親贈賀匾。

貳、茶壺的選購與辨識

現代人對茶具的要求，仍本著「欣賞與實用」的標準（清代古壺）。

陸羽『茶經』四之器章節裏，對當時的飲茶器具「茶盌」（茶碗）評論道：「茶盌本身的色彩若會掩蓋掉茶色，則不適合泡茶。」另外，陸羽亦強調茶盌的造型必須合呼「實用」二字。

由此可見，遠在唐代，人們已經懂得從「欣賞」與「實用」兩性質，來評論茶具的好壞。陸羽的論調放諸四海皆準，歷數百年不變。現代的人，對飲茶器具的要求，基本上仍本著陸羽的標準。筆者認為，以此作為選購茶壺時的參考，應有莫大助益。

▲瓷器茶葉罐。

▶清末民初的古壺（楊世清藏）

古壺新壺同是壺

自從國內經濟好轉，人民生活富裕之後，突然吹起一陣「懷舊愛古」的風，凡是東西愈「古」愈多人要，愈「舊」價值愈高，諸如「古畫」、「古瓶」、「古玉」……等。就連平日用來泡茶的茶壺，一旦能證實是「古」壺，身價立刻飛漲。

難道說「古」或「舊」的物品，一定會比「現代的」、「新的」好嗎？其實，「古、舊」物品之所以貴、之所以深受現代人喜歡，不外以下四個原因。

●虛榮心作祟　自從我國經濟奇蹟式提昇後，造就了不少「有錢人」。這些有錢人多少潛藏著「爆發戶」心態，爲了綜合一下家中「樹矮牆新畫不古」的粗俗氣氛，因此四處購買古物，如古畫、古董之類，希望藉這些「古」物的襯托，好讓外人誤以爲這家主人是個風雅、有水準的人。

●物以稀爲貴　就現實的價值觀來說，東西數量少，而想要的人多，在供不應求的先決條件下「貴」是很自然的。

●具有歷史考證價值　從這些年代久遠的「古、舊」物身上，或多或少可找到一些蛛絲馬跡，讓我們對過去的歷史變遷、社會生活情況有更進一步的了解。

●手工精巧，質佳色美　古物都是採手工製作，而古人在製作這些物品時，無論是手工技術、使用材料，都比現在精巧、優良，故其價值實非現代同類物品可比。例如明、清時代製壺名家所遺留下來的「古」壺，便是居於此一原因，而成爲當今愛壺者「必得之而後足」的對象。

一、明人重壺藝輕茶藝

中國的飲茶歷史，依文獻推斷長達數千年。在漫長的歲月中，飲茶器具每每因飲茶方式的改變而不同。

飲茶到了唐代，開始步上藝術化之途，人們對飲茶器具逐漸重視與講究。從陸羽『茶經』中可知，唐代流行煎茶，且已有固定形狀的飲茶器具，如風爐、炭斗、茶杓、茶盌……等。進入宋代後，因盛行鬥茶，茶具改以「盞」爲主。明朝開始，人們不再鬥茶，茶葉形狀也從過去的團茶變成散茶，於是飲茶方式自然而然改爲「泡茶」，「泡茶」創於明代，流傳到現在。

▶紅土標準壺

◀紫砂標準壺

隨著茶葉形狀的改變，茶具樣式也一變再變。茶壺的正式出現是在明代。明人對飲茶百般講究，風氣相當興盛，爲了因應茶葉形狀的變化，乃研發出所謂的「茶壺」。明代所推出的茶壺，除了紫砂壺外，尚包括數量不少的瓷壺。

明人因喝茶而發明茶壺，但他們對茶壺的重視與講究，卻遠勝過對品茶的要求。換句話說，明代重視「壺藝」，輕忽「茶藝」；而唐、宋則正好相反。

宜興紫砂壺，因具「能發眞茶之色、香、味」的優點，深受明人的喜歡。故當時人們在選用茶壺時「黜銀、錫及閩、豫瓷，而尙宜興陶」。

二、古壺人見人愛

根據文獻的記載，促使宜興紫砂壺邁向藝術化的大功臣，是大家耳熟能詳的「供春」（或稱龔春）。供春開啓紫砂壺藝術化先河，而後製壺名家輩出，精美作品陸續問世，爲明代紫砂壺藝術締造空前絕後的輝煌記錄。

明代製壺名家所遺留下來的作品，別說現代人視如珍寶，就連當代的文人雅士都愛不釋手，堪稱人見人愛。

明代古壺之所以珍貴，從許次舒的『茶疏』一段話中即可明白。這一段話敘述如下：「……茶注以不沾染其他氣者爲佳……。從前是龔春壺，現在是時大彬的作品，都深受人們的珍惜。這是因爲他們的茶壺都是用粗砂製作，不具有土氣味的關係……窯燒時火力要夠，才能出窯。然而，只要火候稍有不當，茶壺就會破裂，所以更顯得珍貴」。

三、明・清製壺名人錄

誠如前面所述，紫砂茶壺從明正德年間供春開啓藝術化先河後，製作手藝日益精巧細緻，製壺名手輩出，壺式層出不窮，業已形成紫砂壺的獨特風格。

而後一直延續到清朝末年，紫砂壺藝界代代出現製壺名手，他們各自以纖巧的手藝與獨到的構思，揑製出空前的精品。亦有與當代文人雅士相結合，將文字、繪畫、雕刻、書法等傳統藝術，融合注入壺藝中，滙集、衍生出中國特有的民族藝術——壺藝。

中國壺藝能有今天，歷代製壺名家功

早期朱泥壺（底款　孟臣）

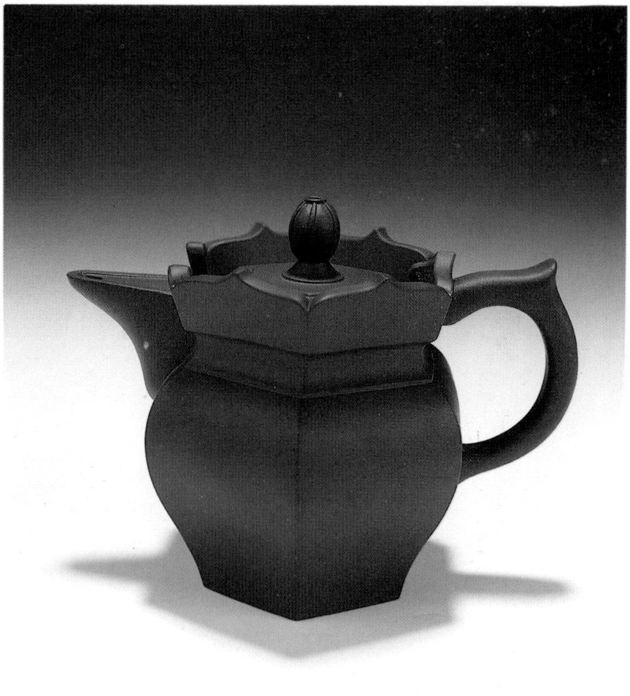

仿時大彬「僧帽壺」

賞析　細膩的線條，環成精緻的中僧帽，柔美的輪廓，塑造動人的壺身。六方形壺體，散發尊貴不凡的氣韻。

呂俊傑款

不可沒。從明代正德到清末數百年期間，總共出現了百餘位製壺名家。因篇幅關係，在本章節裏僅依年代先後，列舉出名重一時，並較爲今人熟悉的代表性人物。簡述其出身背景、作品特色等，以供參考。

㈠明代製壺名家

供春　或稱龔春（參考陽羨名壺系）。明正德年間士紳吳頤山書僮，紫砂壺藝術化之開基元祖。供春的作品特色爲「栗色闇闇如古金鐵，敦龐周正」。『茶牋』亦讚道：「摩掌寶愛，不啻掌珠，用之既久，外類紫玉，內如碧雲，眞奇物也。」

供春的作品深受明代歡迎，傳世作品以「**樹瘦壺**」（已失蓋）爲代表。

董翰　號後谿，明代萬曆年間人，四大名家之一。製壺之法延襲供春，作品著重新奇纖巧，爲**菱花式壺**型的創始者。

趙梁　與董翰同時期人物，四大名家之一。作品崇尚古雅樸拙，以**提梁壺**傳世。

元暢　四大名家之一，與董翰同時期人。作品同樣強調古雅無華。

時朋　時大彬之父，四大名家之一。作品特色與其他三家雷同。

李茂林　字養心，明萬曆、泰昌時期人。作品樸緻中允，雅樸兼備，傳世作品以**小圓式壺**爲代表。

時大彬　三大妙手之首。作品不講求妍媚而著重樸雅。最初仿供春製大壺，後改揑製小壺。作品不染塵俗，以「**僧帽壺**、**黑紫砂壺**、**玉蘭花壺**」傳世。

李仲芳　李茂林之子，時大彬第一高足，三大妙手之一。作品攻文巧，以「**甜瓜形小圓壺**」傳世。

徐友泉　名士衡，本非陶人，後拜大彬爲師。三大妙手之一，擅長仿古銅器壺。作品手工細緻，泥色多變，洋溢濃厚古拙味。後人讚譽徐友泉「綜古今，極變化、技近乎道、集斯藝（壺藝）之大成」。

惠孟臣　明天啓、崇禎年間人。作品以小壺著稱，這些小壺圓、扁自如。孟臣擅以竹刀刻款，壺蓋內刻有篆書小印者為精品。

以上所載，均屬明代一時之選的製壺名手，堪稱當代製壺界的代表性人物。除了這十位代表性名家外，明代尚有數十位製壺藝者，依年代順序為：歐正春、邵文金、邵文銀、蔣伯荂、陳用卿、陳信卿、閔魯生、陳光甫、陳仲美、沈君用、周後谿、邵二孫、陳俊卿、周季山、陳和之、陳挺生、承雲從、沈君盛、沈子澈、陳辰、徐次京、蔣之翹、姚咨、梁小玉…等。

上述數十位明代製壺名家，作品名氣、製壺技術雖比不上前述代表性人物，然其作品也都是當代之佼佼者。

四大名壺之一的仿「思亭壺」

早期朱泥壺

賞析　整體結構呈倒三角形，圓把的虛空間多於嘴，形成向右拉曳的視覺動線，重心下沈，安定性強。

思亭款　清泉石上流

㈡清代製壺名家

陳鳴遠　明末清初的製壺名家，才藝兼備，作品以自然型最具特色，擅製蟲蛀殘葉狀壺，將自然造型提昇到出神入化的境界。其次，陳鳴遠開「**壺蓋內用印**」之先河，鏤雕技術亦頗精湛。

惠逸公　清乾隆、嘉慶年間的重要陶藝家，以四大名壺（**無名壺**、**孟臣壺**、**逸公壺**、**思亭壺**並稱四大名壺）之一的「**逸公壺**」傳世。惠逸公的作品特色長於工巧，與孟臣壺同屬小壺系統，深受時人與後人的推崇、喜愛。

陳曼生　本名鴻壽，曼生為號。首開文人與陶工結合之風氣。與當代名家楊彭年、邵二泉合作設計了十八個茶壺款式，由楊彭年製造，陳曼生題款，這便是深受後世肯定的「**曼生十八壺式**」。

一般而言，曼生壺在壺把或壺底刻有「**彭年**」兩字，或刻「**阿曼陀寶**」四個字。

瞿應紹　道光年間人，字子冶，號月壺、吉安。他喜歡在壺身上鐫刻梅竹或題字，字以行書為主，偶爾亦用楷書，或刻篆體字號章，頗具特色。

以上為清代紫砂壺名家代表性人物，

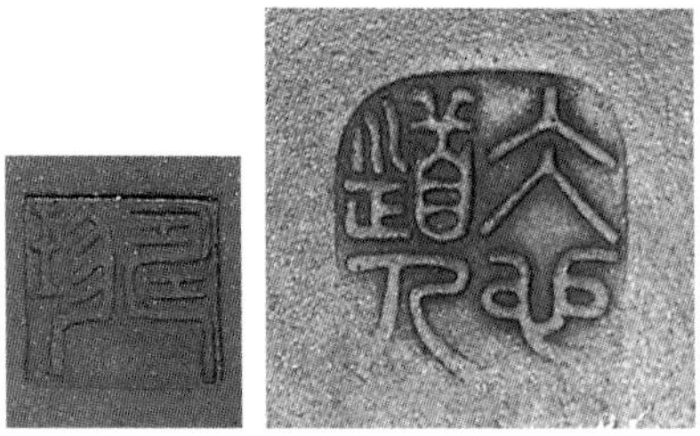

程壽珍款

賞析　暗沈的紫，覆上斑駁的細碎色塊，自有一份滄桑的古典美。形制渾然一體，呈水平的律動感。

扁腹壺

清代仿古壺

除了這幾個人外，清代前前後後尚有數十位陶藝好手，以下僅列舉十數位較具知名度者。

鄭寧侯、汪文柏、馬思賢、許龍文、陳曾元、允禮、范幸恩、邵旭成、潘大和、唐仲曼、源謙、杜世柏、朱堅、葛子亭、楊彭年、張香修、吳月亭、潘仕成、邵景南、邵二泉、申錫、吳大澄、胡遠、俞國良、端方。

四、近代・當代製壺名家

清光緒、宣統年到民國三、四十年代，宜興壺進入商業化量產階段，名作品不多。不過，傳統小壺的製作仍延續不斷。此一時期以仿古壺爲主，製壺名家以王寅春爲代表，其餘還有范莊農、吳壽珍、企陶、石如、心如、石泉、馮桂林、吳德盛、岩如、任淦庭、裴石民、李寶珍、吳雲根、朱可心、顧景舟、蔣蓉、沈孝鹿等名家。這些近代或當代名家，或多或少都有不凡的成就，其中顧景舟更被我們這一代人喻爲「壺藝泰斗」、「一代宗師」。蔣蓉則堪稱當代最著名的女工藝美術師。

現代老一輩壺藝名家（朱可心、顧景舟、蔣蓉等），居於傳承理念，竭盡心力栽培新一代製壺藝人。目前，新一代藝人都已經卓然有成，在壺藝界享有盛名，作品深受海內外愛壺人士的肯定與珍藏。新一代藝人包括李昌鴻、徐漢棠、徐秀棠、沈籧華、汪寅仙、何道洪、顧紹培、呂堯臣、周桂珍、張紅華、謝曼倫、儲立之、譚宗海、鮑志強、沈漢生……等。

以下僅針對現代知名紫砂壺名家（高級工藝美術師、工藝美術師）的作品風格、特色，作詳細介紹，以供讀者參考。

中國工藝美術大師　顧景舟

原名景洲，1915年生於宜興川埠上袁。作品講究線條與比例，形制端正，強勁有力。黜華尊樸，捨棄繁縟，古風凜凜，歷久彌新。不愧為壺藝泰斗。

高級工藝美術師　蔣蓉

別號林鳳，1919年生於江蘇宜興。作品洋溢田園風情，彷彿自然界一隅，取材生動，形象逼真，用色大膽，教人嘆服。於彩泥、堆塑方面，無人能出其右。

高級工藝美術師　李昌鴻

1937年生於江蘇宜興。作品風貌多元，時而沈穩內斂，時而細膩古典。構思形制獨具創意，裝飾手法不落窠臼，在傳統壺藝中注入新生命。

高級工藝美術師　沈籧華

1939年生於江蘇宜興。作品每每有靈動鮮活的鳥獸、昆蟲、花卉之類，足以達到畫龍點睛之妙。於簡樸中自有一份巧思，雅緻秀逸，美不勝收。

高級工藝美術師　譚泉海

別號石泉，1937年生於江蘇宜興。作品貴在雕琢，尤以書法、繪畫見長。為典型的「壺從字貴，字以壺傳」之代表人物，古風濃郁，自成一派。

高級工藝美術師　李碧芳

朱可心學生，1939年生於江蘇宜興。其作品多方涉獵，各具特色。光素器純粹洗練，筋紋器肌理柔美，花貨奇巧新穎。可謂是面面俱到之壺藝英才。

高級工藝美術師　儲立之

1942年生於江蘇宜興。潛心雕塑，於壺藝的運用上，發揮得淋漓盡致。著重構圖，貴在意境。作品寫實，豐筋多力，氣勢磅礴，爐火純青。

高級工藝美術師　何道洪

1943年生於江蘇宜興。作品內蘊強勁之生命力，有一觸即發之勢。用色精湛，氣韻生動，時而光鮮，時而雄渾，控制裕如。融和多種技法，個人色彩濃厚。

高級工藝美術師　汪寅仙

別號朝陽，1943年生於江蘇宜興。善用民俗色彩，精通各類壺藝，心織手耕多年，作品不勝枚舉。尤以貼塑技法見長，細膩婉約，輪廓柔美。

高級工藝美術師　顧紹培

1945年生於江蘇宜興。以夾砂作品見長，形制力求簡樸，平凡中富有新意，面積拓大，善用曲線。佈局推陳出新，構思豐富多變，作品受世人推崇。

高級工藝美術師　鮑志強

別號樂人，1946年生於江蘇宜興。作品不帶方正，以圓融取勝，崇尚自然無華，強調多變的鈕與把。著重流暢的線條走勢，隱約透出壺之旋律美。

工藝美術師　王石耕

別號長根，1922年生於江蘇宜興。作品古意盎然，中規中矩，不以華麗取衆，而以嫻熟的技法、雄渾的魄力、明快的線條受世人青睞。

工藝美術師　陳庚

又名陳鋼，別號小庚，1939年生於江

皮包壺（現代作品）

蘇宜興。作品古典雅緻，雋永內斂，斲雕為樸，温潤圓融。蘊含一種洗盡鉛華的美態，即使不施泥彩，依舊美麗。

工藝美術師　凌錫苟

1939年生於江蘇宜興。用色沈而雅，強調圓融的線條、柔美的輪廓。創意不斷，涉獵廣泛，善用堆塑，氣韻生動。作品細膩婉約，輾轉處尤為動人。

工藝美術師　葛明仙

1939年生於江蘇宜興。善用沈穩色系，樸拙古風逼人，細膩與粗獷兼容並蓄，形成風格奇異的方法，亦能滿足感官的慾求，於壺藝的表現上獨樹一格。

工藝美術師　束鳳英

1940年生於江蘇宜興。泥彩濃重，作品洋溢敦厚醇郁之情。作工嚴謹，形制單純，化繁為簡，反璞歸真。文人逸士之風範，徐徐釋放，耐人尋思。

工藝美術師　高洪英

1940年生。用色凝重，以變換壺體形制見長。不以妍姿艷質悅人，而是敦厚簡樸著稱。雖無驚世駭俗之鉅作，但作品自然無華，歷久不墜，有愈沈愈香之勢。

工藝美術師　咸仲英

別號冰心，1940年生於江蘇宜興。善用浮雕、嵌色，風格丕變，奇巧新穎。時而華如桃李，時而方面大耳，陰柔陽剛各有所長，人物山水寓意深遠。

工藝美術師　曹婉芬

1940年生於江蘇宜興。以構築曲線見長，婉轉而細膩，柔情而雅緻，温文儒雅的意境，俯拾皆是。幾何圖形為裝飾特徵，表現手法別出心裁，絲絲入扣。

工藝美術師　何挺初

1940年生於江蘇宜興。善用紋飾，色調不凡。作品有時清新俊逸，有時樸野趣味，有時典雅瑰麗。取材豐富，形制多元，巧同造化，神乎其技。

工藝美術師　范洪泉

1941年生於江蘇宜興。用色醇雅深沈，形制古意盈然。以貼塑的巧緻見長，蘊含詩情畫意的壺藝境界，猶如一幅生動曼妙的寫實畫，靈動之姿，躍然壺上。

工藝美術師　謝曼倫

別號毛毛，1942年生於江蘇宜興。作品洋溢生機，富有情趣，色澤鮮妍，典藏柔情。風格多樣，可以含蓄內斂，可以鮮活逼真，也可以古典樸質。

工藝美術師　周桂珍

1943年生於江蘇宜興。作品力求簡樸，形制復古，手法嚴謹，以光貨為主。純熟的技法，使質感更上層樓。追尋技巧的卓越，實為難能可貴的清新小品。

五竹壺（現代作品）

工藝美術師　程輝

別號潤年，1944年生於江蘇宜興。其作品氣魄橫生，面積拓大，線條剛勁，力透貫體。功力之深厚紮實，可見一斑。氣溢千秋的態勢，令人激賞。

工藝美術師　鮑仲梅

1944年生於江蘇宜興。善用鑲嵌金銀絲、填色嵌泥等裝飾手法。作品吉祥而傳統，華貴而端莊，富有濃郁的民族色彩，具備傳承中國壺藝的先決條件。

工藝美術師　張紅華

1944年生於江蘇宜興。作品中可見濃厚的女性特質，溫柔婉約，雍容細緻，講求圓融，善用曲線。色調雅緻，形制敦厚，以花貨及筋紋器見長。

工藝美術師　毛國強

別號一粟，1945年生於江蘇宜興。擅長銘刻與泥繪，技法之精湛，令人咋舌。時而細膩豐富，時而飄逸豪放，雋永而多變的作品，教人不忍釋手。

工藝美術師　潘持平

別號阿平，1945年生於江蘇宜興。形

當代工藝師的作品，無論實用性或欣賞價值；均不亞於古壺。

蛋形提梁壺

徐孝穆銘文

曹洪喜款

賞析　色棕而沈，溫潤可掬。蛋形提梁，一高一矮，環肥燕瘦，皆是風情。形制雖簡，令人雋永。

制以方正見長，挺拔俊秀，大而懾人。作品嚴謹周正，線條流暢，沈穩厚實，獨具份量。工藝精良，受人鍾愛。

工藝美術師　周尊嚴

1945年生於江蘇宜興。以線條的韻律美著稱。不論稜線，直線，曲線，弧線，圓滑線，皆有獨到的美感。色調古雅，形制單純，作品細膩樸質。

工藝美術師　夏俊偉

1946年生於江蘇宜興。擅長圓融渾樸之形制，色澤沈穩端莊，講求純粹的壺藝之美，不以繽紛的泥彩、華麗的裝飾取勝，內斂的古意，盡收眼底。

工藝美術師　沈漢生

別名石羽，1946年生於江蘇宜興。作品富有濃郁的中國風味，常用筆墨描繪，賦予壺藝詩情畫意之生命，古樸雅正之形制，令人情有獨鍾。

工藝美術師　曹亞麟

1955年生於江蘇宜興。善於創意，作品風格不定，每有新作問世，必是一番奇巧新穎，耐人尋思。積極拓寬手法，大膽嘗試，令人目不暇給。

工藝美術師　高麗君

別號敏，1940年生於江蘇宜興。作品以花貨見長。堆塑靈巧，形象逼真，取材自然，細膩鮮明。富有濃厚的女性色彩，以陰柔的形制擄獲人心。

工藝美術師　呂堯臣

曾追隨老藝人吳雲根學藝，是目前紫砂陶中生代藝人中佼佼者。他對紫砂藝術有相當高的造詣，所創製作品古樸新穎，構思別具一格，處理手法變化莫測。

華涇提梁壺

呂堯臣款

賞析　黃泥色調，細緻古雅，形制如碗。圓弧提梁與壺身輪廓相互呼應，形成虛實各半的空間美。

選購古壺、現代壺

喜歡收藏奇珍異品的雅士，常會碰上一個共同的問題，就是「如何鑑定收藏品的眞僞」。此一問題，同樣困擾著大多數壺迷。

辨識古壺是一門大學問，正確選購當代壺也不很容易。以下就此兩大課題，根據筆者個人所知，詳加剖析，但願能帶給時下壺迷一些助益。

一、古壺的辨識要訣

電視台偶爾會播出一些有關介紹茶壺的節目。在節目裏總會看到以下的畫面，即被邀請來上節目的壺迷，帶了幾把茶壺，對著觀衆介紹「這一把是明朝時大彬的作品……」，或「這一把是清初陳鳴遠的……」，或「這一把古壺距今大約有二百多年……」。

筆者小時候曾聽老師說過一則小故事，故事的內容大概如下：在民國二十八、九年的時候，中日戰爭正打得如火如荼。那時，國軍無暇顧及地方的安全事務，以至一些小鄉鎮常會遭土匪打家劫舍。那時某鄉鎮裏有一家富豪，家中有的是金銀、古董，結果引來土匪的覬覦，綁架了富豪家的小少爺。富豪爲了救兒子，不惜交出家中所有財物，最後還是救不了小少爺。小少爺在臨死前，寫下一首對聯，以表心中的無助與無奈。這首對聯是「**有錢難買命，來生不做富家子；無處可容身，早死免做亡國奴**」。

有人說這是明朝古壺，您信嗎？

明末清初、清末民初及中日八年戰爭期間，中國處處是戰火，百姓流離顚沛、四處逃難，想求安身保命已屬不易，更遑論保護不能當飯吃的「茶壺」。其次，就手工製作而言，一位名家畢其一生，所能完成的作品，數量到底有限，即使僥倖沒有受到戰火的破壞，而能完完整整保留到今天，相信更是寥寥無幾。

道光至清朝末年期間，宜興紫砂壺爲因應海內外市場的需求，曾採鑄模式大量製作，進行商業化經營。此一時期的作品，土胎粗糙，造型千篇一律，欣賞、藝術價值並不高，除了一個「古」字外，可說毫無特色可言。

當然，果若能買到一把造型獨特高雅、土胎完美、色澤樸拙的眞古壺，那可是三生有幸。

不可否認，「**古壺**」人人喜歡，有人專注它的「**歷史外殼**」、有人看中它的「**稀有價值**」、有人迷戀它的「**典雅、樸拙**」……。不論是居於那一點，購買古壺的人，無不祈求自己手上、家中的古壺是「眞品」。

到底古壺應如何辨識？購買古壺時應注意那些重點？在此，筆者僅將當代一些玩壺前輩們的經驗談，加以整理、歸納成

◀從壺身的情形來判斷壺的年代

▼僅憑外觀容易受騙（清代古壺　楊世清藏）

幾項基本要訣，作爲讀者選購古壺時的參考。

■僅憑外觀容易上當　近年來由於古壺行情看俏，不少壺商利欲薰心，找來一些宜興藝工，將新壺外觀處理得跟古壺沒兩樣。面對這些「假古壺」，唯有從時代背景特色、造型、落款習慣等方面，仔細辨識。若光憑外觀，百分之百會受騙。

■不同時代的作品有不同的特色　紫砂壺從草創的明代正德年開始到清末，時間長達四百餘年，前後出現不少製壺名家。同時，隨時代的演變，每一時代有每一時代的作品特色。

例如，明代製壺只重型制、質地，作品概爲素色無彩。因此，只要壺身加上色彩（據傳壺身加彩始自清雍正時代），即可肯定不是明代古壺。其次，陳鳴遠首開「壺蓋內用印」的先河，因此，如果是壺蓋內用印的眞古壺，保證是陳鳴遠（明末清初）以後的作品。

又如清道光年間，名家朱堅首創金屬（錫）包壺，並用玉石製作壺嘴、壺把。故如果壺身上鑲有錫或包銅時，即表示此壺必然是道光以後的作品。

■根據出水孔數辨識　所謂出水孔是指壺

（上）民國初年壺。（左上）早期朱泥彩釉壺。（左下）牛蓋洋桶壺。

荃節英款

賞析　長桶形壺身，筆直而下，一脈相承，左右各附加兩個扁環，與中心虛空的鈕相呼應，更爲融和。

牛蓋洋桶壺

內通壺嘴的孔。出水孔數的一孔或多孔，也可作爲斷定該壺是否爲古壺的資料之一。

據筆者所知，民國以前的紫砂壺，不論大小，出水孔都是單一孔；民國以後，小壺仍維持單一孔（近年來則不一定，筆者手上有一把十幾年前的小壺，出水孔卻多達六孔），大、中型壺爲防止茶葉堵住出水口，影響出水，故大都改採多孔狀（俗稱蜂巢或內網）。

■從壺身情形辨識　另一個辨識古壺的方法是，根據壺身的情形來斷定。如衆所周知，明代的紫砂壺，頂多只在壺底落款，壺身大抵保持素面無物。到了明末（天啓、崇禎年）的名家陳用卿，才開始以草書在壺身上刻款。

現在我們常常可看到壺身上刻有詩畫的壺。其實，在壺身上刻詩畫，是清代陳曼生所創，後代名家效法延用。

根據以上兩點可得到一個結論，即壺身上刻有詩文繪畫的古壺，絕對是陳曼生時代以後所製。

■從落款的甲子年辨識眞僞　或許一般人都不會去注意到這一點，但這卻是辨識作品眞僞的一項利器。

古人相當重視甲子年表，且我國是以

早期朱泥壺（三香壺）

賞析　通體純粹，典雅端莊。斜流，圓把，珠鈕，高蓋，矮頸，緩肩，鼓腹，斂底，圈足。

孟臣款　寒山半出白雲中

農立國，一提到今年是什麼年時，總是習慣使用甲子年表示。甲子年是以十天干與十二地支相配而成，每六十年循環一次，稱爲一甲子。明、清時代的藝人，落款時可說完全使用甲子年表示年份。例如時大彬的葵花壺底款爲「萬曆丁酉春」，對照甲子年表可知，萬曆丁酉年是萬曆二五年。

前些時候有朋友拿一把古壺到我家，告訴我是到大陸鄉下買到的明歐正春壺。我翻看壺的底款，刻有「萬曆癸亥年」的款，我馬上告訴朋友，這把壺保證是僞製品。朋友問我憑什麼說它是假的。

我請朋友對照一下明萬曆的甲子年表。明神宗萬曆元年即位（癸酉），在位四十七年（己未），根本沒有碰上「癸亥」年（參照附錄三，明、清時代中外甲子對照年表）。以古人對甲子年的重視與習慣，絕不可能將年份弄錯，故我肯定那把古壺不是眞品。

筆者衷心奉勸那些一心獨鍾古壺的朋友，古壺不多、不易辨識且贋品滿街都是。在您決定收購之前，千萬不可只聽信壺商片面之詞，務必對該壺的製作歷史背景、風格、特色、或作者的習慣、特色詳加了解，確定無誤後才買。如果平日能多參

現代藝人的作品，都各具獨自的風格（得水壺　丁鳳仙製）。

丁鳳仙款

得水壺

考宜興茶壺的相關文獻記載，徹底摸清楚宜興壺每一階段的發展過程與特色，並對歷代每位名家的作風、格調深入分析、比較，則受騙上當的機率將可減至最低。

二、現代宜興壺的特色

近十多年來，大陸有計劃培育紫砂壺製作人才，並根據技術評定的高低，頒予適當頭銜。目前高級工藝美術師有十多名、工藝美術師二十餘名、助理工藝美術師三十餘名，另外還有技術員一百多名及數千名技工。

每一位製作者都有各自獨特的風格，依個人生產品質的高低、數量的多少、製作方法（手拉坯或模製）、作者知名度等的不同，作品的價格有天壤之別。讀者在選購現代藝人的作品時，必須先對現代壺有充份的認識才行。

㈠現代紫砂壺的造型特色

宜興紫砂壺自明朝正德年間，奠定欣賞藝術化基礎後，歷代製壺名手輩出，各憑才能與構思，不斷創新壺型。有人崇尚大自然，以花草樹木爲本，創造出洋溢自

方型壺所要展現的是線條美（百壽壺）

然風味的壺型；有人偏好幾何型，利用各種線條組合出或圓或方的造型；有人則將花型樹態規則化，以精且巧的圖案紋路作爲表現重點。

對現代製壺名家（高級工藝美術師或工藝美術師均稱得上名家）而言，基本上，不論什麼造型他們都製作得出來，從供春以來的所有壺型，現代名家都曾模仿做過這一點，即可證明上述不假。然而不論古今，紫砂壺的主要造型，大概不出以下幾大類型。

①自然型　一般又稱爲「花貨」或「塑器」。主要是以大自然的花草樹木爲本，或從各種物象形態取材，經過縝密的藝術性設計、加工而成型。自然型的構思奇巧，是憑名家的捏塑技術，運用紫砂泥自然色彩，突顯出主題性的一種藝術表現。如古竹壺、松竹梅壺、葫壺……等。

②圓型　利用多種不同方向、彎度的曲線所構成的壺型。此型予人造型穩重、圓滑柔順的美感。常見的圓型壺如掇球壺、底線圓球壺、文旦壺……等。

③方型　本型所要表現的是線條美。是利用不同長短的直線組成，有六方、有八方、菱形、鼎形等。本形特色是輪廓線條分

筆者所收藏的本土藝人作品「陶瓷蓮花杯」

明，線、面平整且乾淨俐落，蘊藏著無比陽剛之美。常見的方形壺如僧帽壺、六方菱花壺、井六方壺等。

④筋紋型　此型是由自然型中脫胎獨立成型。取自然界中生動流暢的筋紋曲線作為架構而成。俗稱筋瓤貨，如半南瓜壺、花瓣壺、魚化龍壺等。

(二)紫砂壺也分等級

近來海內外鑒賞、收藏家及一般嗜茶者，對宜興紫砂壺的熱愛度依舊不減，導致需求量大增。為因應此一龐大需求，宜興紫砂廠不得不採品質與產量兼顧的方式，一方面由知名藝人手製高價品，供應壺迷及收藏；同時由一般陶工採模製方式，大量生產低價品，供應一般消費者。

依生產質、量等級的高低，當代紫砂壺概略可區分為高檔品、特級品及普通品三大類。

(一)高檔品

就如同福州壽山石石雕藝品一樣，高檔品是指品質最優的作品。一件高檔品的完成，其間不知要經過多少艱辛的創作、設計過程。設計確定後便開始構思製圖，分配比例與尺寸，接著開始揑製。

爲了想達至古樸、典雅、美觀的欣賞效果，創作者還需根據設計的造型，選用材料顏色及自行調配泥料，甚至自行製作所需工具，藉以製作出色澤高雅、質感獨特的作品。

工藝美術大師顧景舟、高級工藝美術師蔣蓉、李昌鴻、沈籧華、何道洪、汪寅仙、儲立之……等人的作品，無論是仿古或自創品，大概都被列入高檔品，成爲壺迷們爭相搶購的對象。只是名家作品數量有限，容易買到贋品，宜小心。

②特級品

也叫特種品，其製作過程與高檔品並無兩樣，除了需強調壺身土胎感與色澤之外，造型的美與是否具有創意，也是特級品製作藝人所追求的。

在製作過程中，爲達到壺身、壺蓋、壺嘴、壺把的一體感與相互呼應，製作者唯有憑藉長年累積的實際經驗，充份掌握泥料的收縮性質和乾濕度。依每位名家工夫的熟練程度、手法的精巧程度如何，各自有各的操作觀點與特色。泥條、泥片的或厚或薄，沒有所謂的「統一標準」，完全任憑製作者的眼光與判斷能力而定。

工藝美術師如張紅華、謝曼倫、高洪英、周桂珍、曹婉芬、沈漢生、鮑仲梅、施秀春……等，助理工藝美術師如施小馬、高建芳、陳國良、儲集泉、劉建平……等藝人的精心作品，概屬特級品，同樣兼具很高的欣賞價值與實質價值，深受壺迷們與鑒賞家的青睞。

③普通品

俗稱普通工藝品。這是宜興紫砂廠爲因應海內外需求，由廠內人數最多的陶工（技術員、技工），利用模子先製成壺型，然後再以手工進行修整、補充。

普通工藝品屬於一般商品性質，採量產方式大量製作，每款壺的生產數量，至少在三百把以上。完成的茶壺，都是以批價方式銷售出去。

雖說是半人工的工藝品，但參與製作的陶工，也非泛泛之輩，至少需要達到四、五年的工齡，製作技術已達到某一水準

有些非名家的作品，質感、造型不見得亞於名家作品（滿天星　鮑署岩款）

賞析　猶似飄零的落雪，抑或孤寂的夜星，總在穹蒼拉下黑幕之後，兀自散盡僅存的輝澤。

鮑署岩款

以上，方可進入生產的行列。

三、如何選一把現代好壺

上等的茶，強調的是色香味俱全，喉韻甘潤且耐泡；而一把好茶壺不僅外觀要美雅、質地要勻滑，最重要的是要實用。空有好茶，沒有好壺來泡，無法將茶的精華展現出來；空有好壺沒有好茶，總叫人有美中不足的感覺。

一把好壺究竟應具備什麼條件？是不是出自名家之手的壺便是好壺？

當然，名家因本身藝術造詣較深，其作品自有一定水準，雖非每一把都是好壺，但至少也不致於差到那裏。而一把壺的優劣，除了依個人主觀的偏好（有人愛花貨、有人愛方壺）為出發點外，大概可從兩大方向來判斷。一是壺的造型結構性，一是壺的實用性。

(一)壺的造型結構性

一把壺的完成，需由多部份相組合才行。其組合是否合乎理想，合乎物理性質，是評斷這把壺好壞的基本要件。以下就茶壺三要素壺嘴、壺把、壺身三部份的組合加以敘述。

①三點成一直線　壺的嘴（出水口）、壺把、鈕必須成一直線，換句話說，就是三點要對直（少數特殊造型除外）。

②比例要勻稱　各部份組合比例，應力求勻稱，同時要展現出落落大方的空間感。

③出水順握感輕　壺嘴的出水務必順暢，手握壺把時，握感應力求輕盈、不費力。

④一體成型感　壺嘴與壺身、壺把與壺身的連接部位，要處理得很自然，沒有任何破綻，宛如一體成型般。

(二)壺的實用性

一把好壺除了要有看起來順眼、看起來很美之外，其最重要的當然是使用功能的好壞。換句話說就是壺的實用性。有關壺的實用性，下面單元將作詳細敘述。

總之，根據壺的造型結構與實用性兩

陳國方款

賞析　色紅而沈，長流加圈，壺鈕如刀，雙把連結。壺身貫體，一氣呵成，下襬略折，揚起一圈。

突破壺

三點成一線是一把好壺的基本要求

大方向來評斷一把壺的好壞，其準確度應該很高。至於如何選擇一把好壺，筆者將之歸納成三個部份，以供參考。

茶壺的外觀

茶壺的外觀可從多方面加以考量：

①美觀　近年來，市面上所推出的茶壺形式琳瑯滿目，或高或矮或圓或扁，或幾何形狀或瓜果形狀。然而，每個人有每個人的審美觀點，因此，所謂的美並沒有一定的標準可言，只要合乎您的心意即可。

②重心要穩　用手提起茶壺是否感覺順手？重心是否恰到好處？端看該壺壺身與壺把的設計是否精準。購買新壺時，不妨要求賣主在壺中裝入約壺容量3/4的水。用手平平提起茶壺，緩緩倒水，如果感覺很順手，即表示該壺重心適中穩定，是一把好壺。如果提壺需用力緊握壺把才得以平穩的話，即表示此壺的重心位置不對。除了重心要穩之外，左右也需勻稱。抓起壺蓋時，壺口要平、要圓。

③出水需急、長、圓　出水首先要剛直有勁，水束又長又圓，同時，傾倒壺水時，若能使壺中滴水不剩，即表示是一把好壺。

④壺蓋、壺身緊密吻合　壺蓋與壺身的緊密度愈高，愈不會使茶香流失，壺蓋與壺身緊密吻合的茶壺才是一把好壺。壺蓋與壺身緊密度的測試方法是，茶壺裝水約1/2～3/4，用食指緊壓蓋上氣孔，傾倒壺水看看，若滴水不流即表示兩者緊密度極高；另外，用食指緊壓茶壺壺嘴，顛倒壺身，若緊密度夠，則壺蓋不會掉落。

其次，壺底壺面平滑工整，落款也要工整。通常一把壺至少會有二個以上的印章，大抵是在壺底、壺蓋、或把手上。

茶壺的品質

茶壺的製作方法有手拉、挖塑及灌漿三種，每一種的價值多少有些差異。外行人很難從外觀判斷是屬於何種。此時不妨抓起壺蓋，仔細端詳壺身內部情形即可明白。一般而言，手拉坏較爲粗糙，挖塑壺會留下刀刻痕跡，灌漿壺則會有模痕。至

華健款

賞析　纖巧細膩的形制，教人不忍釋手。古典雅緻的風采，油然而生。不同於一般粗獷的菱花壺。

菱花壺

每個人有每個人的審美觀點，只要合乎心意即可。

於要判定其好壞，可從兩方面著手，即看色澤與聽聲音。

①看色澤　據行家的說法，茶壺的色澤以滑潤爲佳，一把好茶壺，其土胎色澤所呈現之滑潤感，的確很迷人。

②聽聲音　茶壺因燒成火候的不同，硬度多少會有差異，因而聲音也就有淸脆鏘瑲或混濁遲鈍之分。究竟淸脆較好呢？或是混濁聲較佳？並無一定標準。不過，根據多數行家認爲，聲音較淸脆鏘瑲的壺，較適合泡發酵、香氣高的茶（如生茶）；聲音較混濁遲鈍的壺則適合泡重發酵，韻味低沈的熟茶。

辨識壺聲的方法是，將茶壺平放左手手掌上，以右手食指輕彈壺身。

在此必須特別強調的一點是，宜興陶土，因含有**石英**成份，故製成茶壺後，若放在燈光下照照看，可看出**點點金光**，這是其他地方陶土所沒有的特色。

■茶壺的實用性

飲茶、賞壺不但是生活的享受，同時也是一種生活藝術。茶壺的重要任務與功能，乃在於將茶葉的色、香味完全展現出來。因此，選購茶壺時，不應該僅從名貴稀有兩方面著眼，而更應著重其實用性。

有關實用性的問題，可從兩方面來談，一是茶壺種類，一是茶壺大小。

①茶壺種類　有人專門收藏各種類型的茶壺，視之如古董。故茶壺年代愈久，價值愈高；其次，茶壺出自那個名家之手，其中價格亦有高低懸殊。選購茶壺時，不論是新壺或是舊壺，首先要衡量個人經濟能力再做決定。

其次，茶壺主要分爲瓷製品與陶製品，兩者各具特色，瓷製茶壺適合表現香氣，常用來沖泡發酵茶（生茶）；陶製茶壺適合表現韻味，常用來沖泡重發酵茶（熟茶）。

②茶壺大小　茶壺容量的大小各不相同，小者僅一小杯量，專供個人獨飲；大者容量數十小杯，可供幾十人共飲。故選購茶壺時，務必要根據個人用途、交友情形決定其大小。否則茶壺太小，來客太多，泡不及喝，有失待客之禮；相反地茶壺太大，客人太少，則又有強迫客人之嫌，同樣不禮貌。

近年來，台灣政治穩定、經濟持續向上發展，人民生活富裕。隨著傳統文化的受重視及飲茶風氣的盛行，民衆日益講究飲茶格調、品質與壺藝。使用一把好茶壺，沖泡上等好茶，自飲饗客兩相宜。

宜興紫砂壺正由於跟我們的日常生活關係親密，業已成爲兼具實用又富收藏價值的工藝美術品。誠如前面所言，現代名家作品有限，但收藏者日衆，在好作品供不應求的情形下，僞名家作品充斥市場，稍一不慎便可能受騙。

要辨識現代名家作品的眞僞，若無法取得名家親手寫的保證書（簽名、蓋章），至少也應充份認識該名家的作品風格、神韻與氣質特色，再從泥料、土胎兩方面下評定。如此方不致於常花冤枉錢又受氣。

紫砂壺兼具實用與收藏價值（魚化龍　古壺）

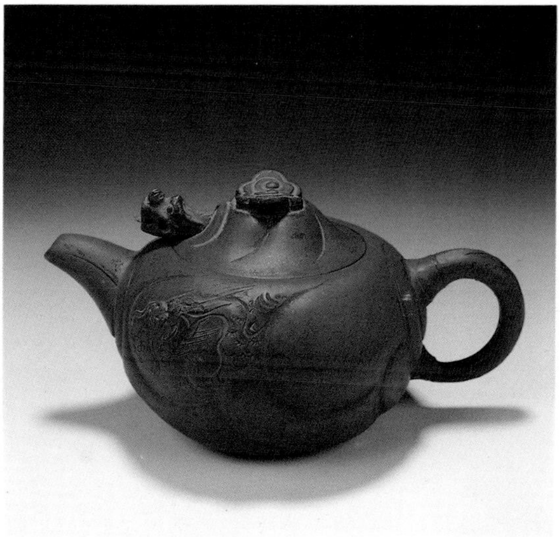

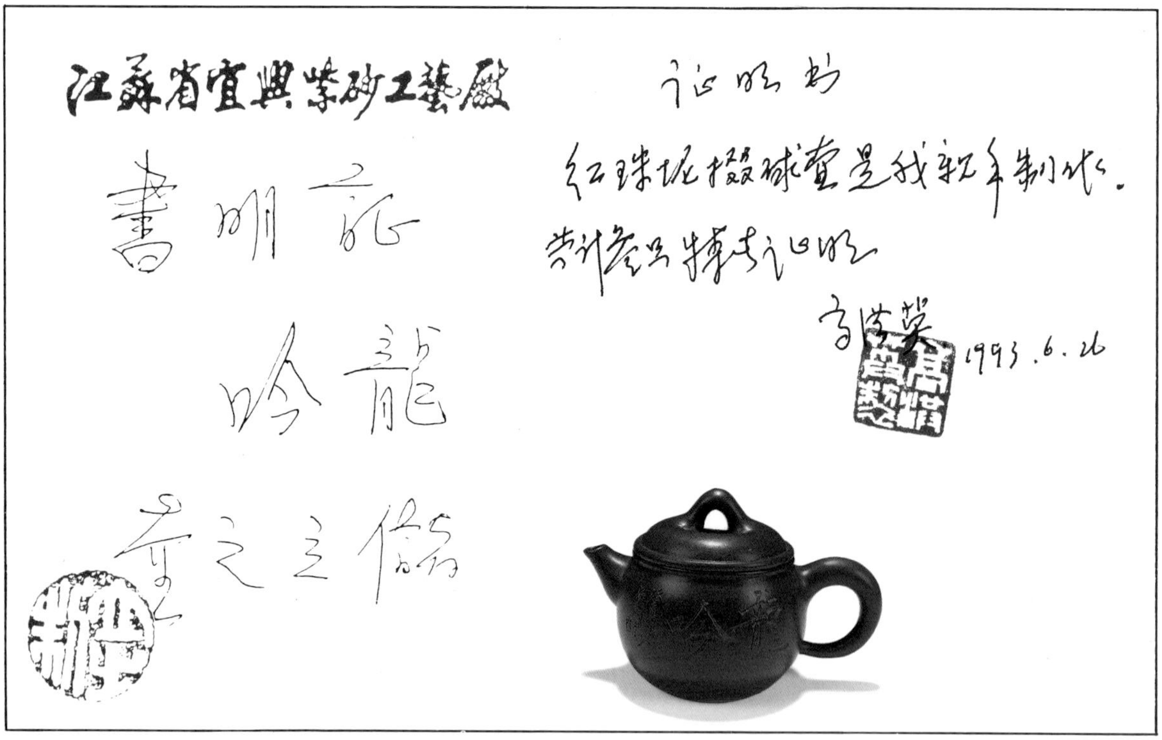

購買現代名家作品，若能取得該名家親手簽名蓋章的保證書，至少可獲得多一層的保證。

神龍壺

賞析　流若龍首，呈欲飛之勢，巧妙靈動。橋形鈕與圓把，皆刻有筋紋，三足鼎立，氣勢如虹。

吳霖款

參、養壺的知識與方法

碗形臥獅壺

華健款

賞析　色呈紫黑，形制似碗。曲流，伏獅鈕，平頂圓把，環形台階加諸壺蓋，層層凸出，與壺身相映照。

擁有一把好壺固然可喜，但若不懂養壺或方法不當，則枉然擁有好壺。

泡茶、喝茶本就是一件賞心悅目，自娛娛人的雅事，更是一種生活藝術與生活享受，可爲忙碌的生活，增添一點雅趣。

獨自品茗，可讓自己沈浸在悠閒雅靜的氣氛中；和三五好友一起品茗，則可天南地北高談闊論，甚至忘卻今夕何夕，這也正是「寒夜客來茶當酒」的最高境界。

養壺則是從泡茶當中所衍生出來的一件事，如今儼然成爲一種藝術。品茗時一邊賞壺、論壺，更是一種至高無上的雅趣。因爲壺是孕育茶香的搖籃，好壺泡好茶，更能讓品茗的藝術境界大加提升。

茶壺為什麼要養

擁有一把好壺固然可喜，但若不懂養壺或方法不當，則枉然擁有好壺。

所以，不論您所擁有的是名家壺、古董壺、或以造型取勝的現代茶壺，唯有依賴平日細心的保養，才能使您的愛壺有如「**良駒遇伯樂**」一般，散發出壺本身的潤澤。

養壺的目的除了使茶壺更光潤亮麗之外，更因陶壺（或石壺）本身具有吸附茶質的特性，因此，一把保養得當的茶壺，更能產生「**助茶**」的功效。

錯誤的養壺方式

目前有關養壺（專指紫砂陶壺而言）的謬論充斥坊間，有些方法甚至堪稱邪門歪道，令人匪夷所思。這些方法包括：

●排骨湯燉煮法

把茶壺放入排骨湯中燉煮，使壺身迅速吸收油脂，顯出潤亮的色澤。

●塞入鵝腹中蒸煮

把茶壺塞入鵝腹中，經過一番蒸煮，使壺身吸收油脂的滋潤。

●油炸法

把茶壺放入油鍋中進行油炸，或是用茶油灌淋茶壺。

●用臉摩擦

經常用臉摩擦茶壺，增加壺的光澤。

類似上述的養壺怪招多得不勝枚舉。不過，這些旁門左道的怪招式，如今逐漸被摒棄，而且養壺方式也隨著人們知識的豐富漸漸被導入正確的領域。

其實，養壺就如同栽種樹苗，揠苗助長式的養壺方式或許能一時奏效，卻失自然。唯有靠平日的耐心維護與保養，絕對不可操之過急，才能使您的心血，充分展現在您的茶壺身上。

殊倫提梁壺

底款　高洪英

賞析　色棕而沈，面積拓大，昂揚剛勁，挺拔俊逸。管狀流，曲形鈕，環狀把，矮頸，溜肩，鼓腹，折底。

新壺的處理方法

新壺在使用之前，必須先做一番處理。這就如同船隻在製造完成後，航行之前，必須舉行一場隆重的下水典禮一般。

目前比較受到認同的新壺處理法可分爲兩種，其一爲傳統式，另一爲簡便式。

■傳統式

取一個鍋子，充分洗淨，不可帶半點異味。在鍋內裝水，水深大約可淹過整個茶壺二公分以上，然後放入新買的茶壺。

接著用小火慢慢加熱，等到水沸後，放入一大把重火烘焙的茶葉，大約煮三分鐘。然後，把已經沖開的茶葉撈起，繼續用小火煮三十分鐘。取出茶壺，放在乾燥又無異味之處，讓茶壺自然陰乾。

不過，也有人省略掉放茶葉的步驟，只用清水煮新壺。至於熟勝熟劣，但憑個人喜好，無一定論。總之，兩者的主要目的，都是要將壺身毛細孔中的粉末逼出來，去除土味、雜質與壺身表面上的一層薄蠟。

■簡便式

首先，在陶壺內灌滿冷水，倒掉之後再灌滿溫水；倒掉之後，第三次再灌入沸水。也就是以漸次增加水溫的方式，逼出壺身毛細孔中的粉末。

同時取一枝小牙刷，先在熱水裏浸泡三分鐘，當牙刷的刷毛軟化後，沾上牙膏，把陶壺的裏裏外外刷一次。

經過這幾道手續之後，即可除去新壺的土味、雜味與蠟質。

最後，再用沸水沖淋新壺的裏裏外外。經過這一番隆重的「下水典禮」之後，新壺即可正式「下海」，供人沖泡了。

仿古壺

壺底款　鐵畫軒

賞析　色紫偏棕，弧形流，立鈕，圓把有點狀凸起。形制飽滿雄渾，氣宇不凡，通體寬碩，有韻有緻。

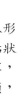

正確的養壺知識

養壺首重方法正確（石盤與黑膽石壺　郭守中藏）

養壺其實並沒有特別的訣竅，只要掌握正確的使用方法與日常保養，久而久之，您的愛壺就會散發自然油潤的光澤。

根據一般養壺專家的說法，養壺可分爲以下幾個重點。

①泡茶之前先沖淋熱水

泡茶之前，宜先用熱水沖淋茶壺內外，可兼具去霉、消毒與暖壺三種功效。

②趁熱擦拭壺身

泡茶時，因水溫極高，茶壺本身的毛細孔會略微擴張，水氣會呈現在茶壺表面。此時，可用一條乾淨的細棉布，分別在第一泡、第二泡……的浸泡時間內，分幾次把整個壺面拭遍，即可藉由熱水的溫度，把壺面擦拭得更亮潤。

③泡茶時，勿將茶壺浸水中

有些人在泡茶時，習慣在茶船內倒入沸水，以達保溫的功效，然而這對養壺則無正面的功效，反而會在壺身留下不均勻的色澤。

④泡完茶後，倒掉茶渣

每次泡完茶，應倒掉茶渣，用熱水沖去殘留在壺身的茶湯，以保持壺裏壺外的清潔。

有些講究「**壺裏茶山**」的人，往往把茶渣一起留置在壺裏任其陰乾。但是，因本省位在亞熱帶，高溫又多濕，一旦通風欠佳，又沒有充分乾燥，壺內就容易產生異味或發霉。所以，這種養壺方式令人難以苟同。

⑤壺內勿浸置茶湯

泡完茶後，務必把茶渣與茶湯都倒掉，用熱水沖淋壺裏壺外，然後倒掉水分。

有些人以爲把茶湯留置在壺內，可達到養壺的功效，其實不然，一旦產生異味，反而對茶壺有害。所以，泡完茶後，應保持壺內乾爽，絕對不可積存濕氣，如此養出來的陶壺，才能顯出自然的光潤。

⑥陰乾時應打開壺蓋

把茶壺沖淋乾淨後，應打開壺蓋，放在通風易乾之處，等到完全陰乾後再妥善收存。

⑦避免放在灰塵多之處

存放茶壺時，避免放在油烟、灰塵過多的地方，以免影響壺面的潤澤感。

⑧避免用化學洗潔劑清洗

絕對不可用洗碗精或化學洗潔劑刷洗陶壺，不僅會將壺內已吸收的茶味洗掉，甚至會刷掉茶壺外表的光澤，所以，應絕對避免。

▲勿將茶壺浸泡水中

▲泡完茶後倒掉茶渣

▼壺內勿浸置茶湯

▲避免使用化學洗潔劑清洗茶壺

▲陰乾時應打開壺蓋

題銘　有如芝蘭

顧勤款

▲石壺的養壺方法與紫砂壺同（農村三寶　作者珍藏　詹俊能雕製）。

飛把壺

題銘　香浮雀舌

賞析　壺制一高一矮，造型如出一轍。短流，彎柄，色棕而沈，壺蓋層層疊砌，與三足相呼應。

農村三寶之一　風鼓

賞析　渾然風鼓造型，與壺藝適巧相融，創新技法，顯然出衆。方中寓圓，自然虛實，敦厚簡樸。

詹俊能款

當代石壺銘品精選

農村三寶之二　石磨

詹俊能款

賞析　黑體壺身，恰如其份的展現石磨之古樸風采。平流，平頂圓把，高頸，寬腹，斂底。可謂壺中蒙太奇。

農村三寶之三　穀倉

詹俊能款

賞析　短流，折腰，上部似斗篷，下部如碗，內柔外剛的環把造型，憑添幾許殊異感，更見出類拔萃。

黑石膽石壺

賞析　色黯而沈，流、口、頸、把無高矮之分，流暢平滑，一體成型。「頏」字展現，憑添趣意。

黑石膽石壺

賞析　砂質溫潤，均勻細膩。短流，溜肩，缺蓋，壺肩上塑對立的雙耳，耳上兩孔裝飾同質提梁，中間繫朱紅結繩。

黑石膽石壺

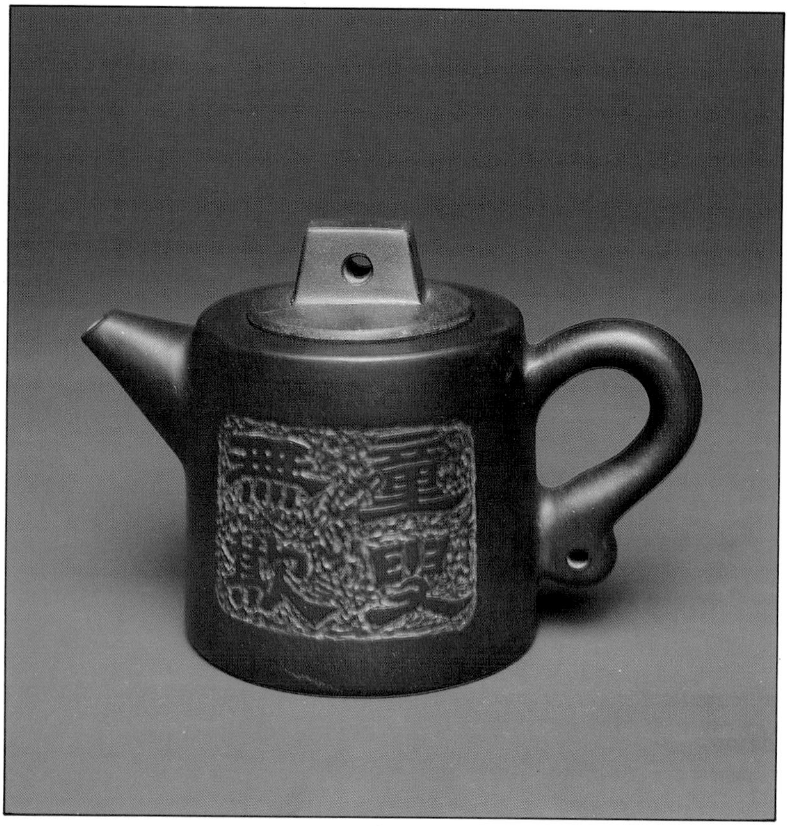

賞析 錐流，方形鈕與環形把均附孔，圓筒壺身，刻劃「童叟無欺」，框內鋪底紋，平實中見華麗。

黑石膽石壺

賞析 以枝幹作流，橋形鈕一分爲二，捏作梅形，裝點壺蓋，繫上朱繩，彎把連結壺身，巧飾枝頭，寒梅怒放。

黑石膽石壺

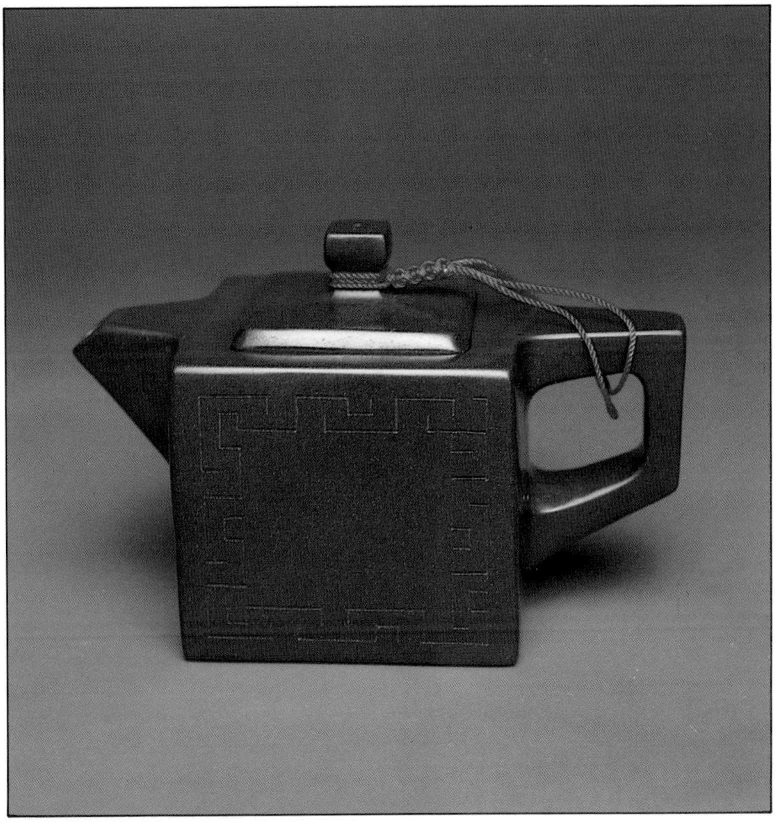

賞析　錐流，方鈕，方形把，繫朱紅結繩。壺體方正，周緣飾回紋，細膩刻劃，緩和正面格局。

黑石膽石壺

賞析　此壺圓中寓方，造型古樸，予人憨厚印象。平流，方鈕，方把，壺身方正，銳角均磨圓，褪去刻板。

黑石膽石壺

李曜宗款

賞析　似雄偉的城堡，略帶些微的神秘。突兀的壺蓋，頂部環著銀絲，體部鑿有棕色圓，與壺身相互呼應。

黑石膽石壺

賞析　平流，方鈕，方形把，壺體方圓。形制粗獷，石質細膩，加上鈕頂、蓋緣如鑲嵌金絲，彼此輝映，更添光澤。

黑石膽石壺

賞析　球形鈕，管狀流，環形把，自蓋頂徐緩沈降，做一圓球。金砂錯落通體，點染星海，放逐寂境。

黑石膽石壺

賞析　形制簡單，卻見華麗，色調純然，互有深淺。圓融一身，令人欣喜。短流作稜形，經壺底連結圓把，足見匠心。

黑石膽石壺

賞析　曲線環繞，造型流線，簡樸俐落，洋溢華貴，渲染現代。自然光影，投射壺心，凝聚成圓，柔情暈散。

黑石膽石壺

賞析　珠鈕，短流，圓把，溜肩，鼓腹，著底。自流而下的銀絲，不斷小心的迂迴擺盪，拘謹的劃破寂滅。

黑石膽石壺

賞析　三角錐流，環形鈕，斜圓把，造型活潑可愛。蓋緣飾有線紋，細膩而嫻雅，圈足頂立，更添挺拔。

黑石膽石壺

賞析　直流，珠鈕，高把，線條流暢，通體渾圓，引頸翹尾之姿，予人昂揚神采。又似微笑的嘴角，牽曳人的思緒。

黑石膽石壺

賞析　短流似瓜蒂，蟲形鈕，圓蓋密合，緩肩，粗筋紋圓把，中腰似有模糊稜線，造型宛如沈睡的瓜果。

黑石膽石壺

賞析　短流，圓把，菇狀鈕，圓蓋密合，鼓腹。細砂質通體散落，溫潤有加，圈足鼎立，更具巧思。

黑石膽石壺

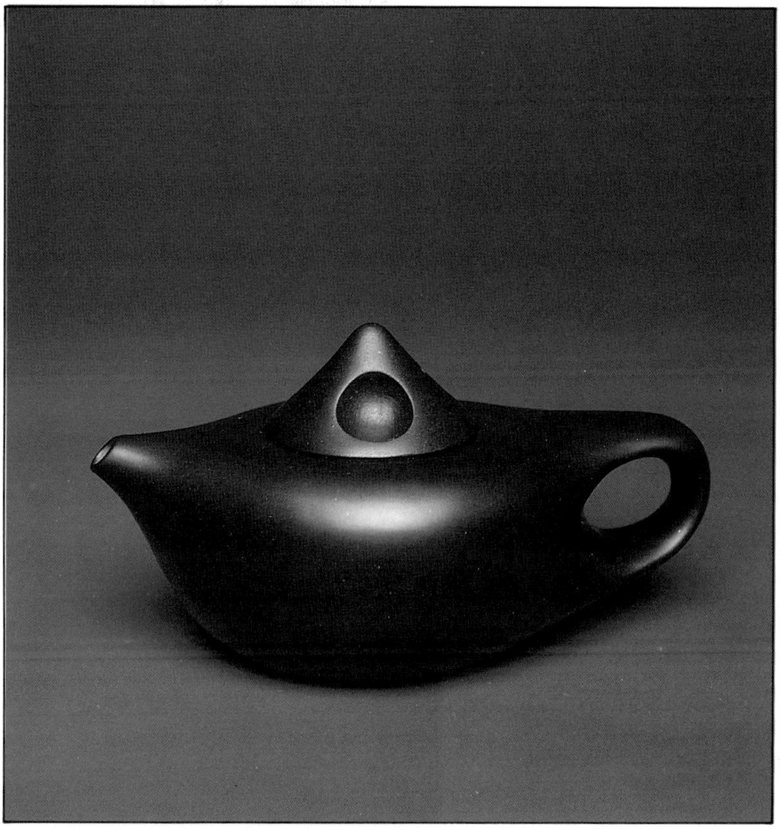

賞析　流、蓋、把一體成型，整體融合爲一。壺蓋呈三角錐形，中有一窪淺圓，雖虛則盈，造型特立。

黑石膽石壺

賞析　壺體渾圓，觸感溫潤。竹節作短流、塑圓鈕、立環把，巧飾竹癭，獨具巧思。形制端麗，雅俗共賞。

黑石膽石壺

賞析　壺體似碗。平流，平頸，菇狀鈕，圓蓋密合，平頂環把，著底。色調凝重，沈穩渾厚，形制簡單。

黑石膽石壺

賞析　似俯卧的海馬，仰首擺尾，姿態靈動，雕工精細，綿密鋪陳，灰白相間，緩和深沈，造型有趣。

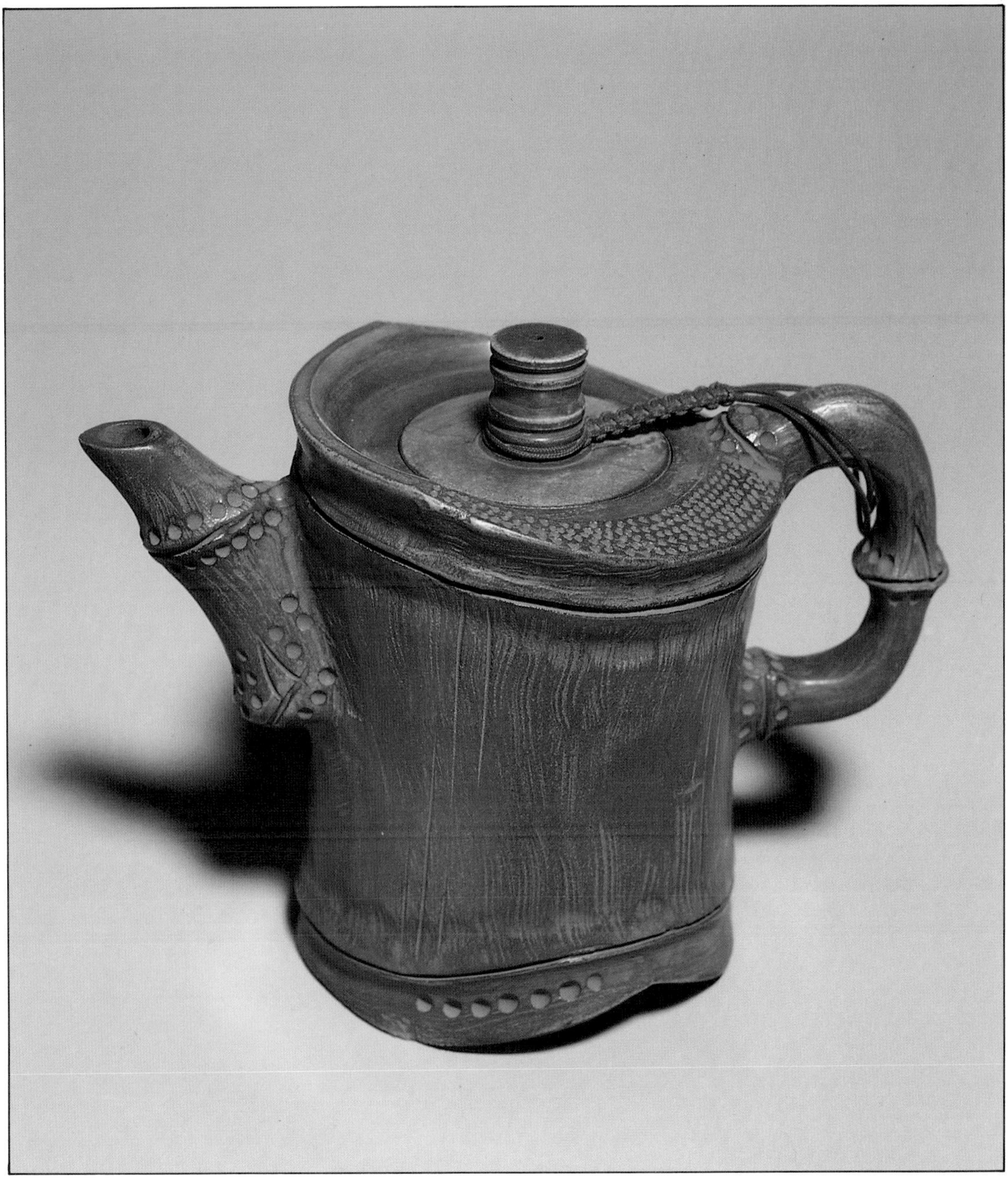

木紋石石壺

賞析　色棕帶橘，如臨陽光普照，通體灼然，神采奕奕。打破規律的幾何構圖，展現自然，作品穎異不凡。

木紋石石壺

賞析　水乳交融的色調，濃得化不開。把頂、鈕、蓋等處如暈散的油影，美的出奇，教人讚嘆。

黑石膽石壺

賞析　如鳳翥龍蟠，穿雲裂石，態勢強勁，不可遏抑。色呈紫黑，豐筋多力，羽翼鱗集，神乎其技。

龜甲石石壺

賞析　形制如古木，樸質惇厚，以細枝作把，碩幹作流，蓋緣點染無數金砂，壺身刻線、劃圓，犁然有序。

艭村石石壺

賞析　竹板、竹節相互爲用，隨意拼補，竟也成壺。原始色調，樸質惇厚，回歸自然，落拓不羈。

木紋石石壺

賞析　形制鬼奇，列列挺立，鋒發韻流，自然成型。豐筋遒勁，迸裂樹癭，裸露樹皮，猶見華麗。

鐵丸石壺

賞析　嫩褐色調，通體鋪陳，深淺有致，飄然出塵。圓把，珠鈕，短流，球形壺身，集成一壺珠圓玉潤。

龜甲石石壺

賞析　色黑而沈，略帶紫，形制亭亭玉立，比例勻稱，曲張自如，豐腴圓潤，作品超塵拔俗。

龜甲石石壺

賞析　高貴優雅，儀態端麗，身披華服，猶如貴婦。形制簡單，曲線柔和，色調純然，通體瑩淨。

丰丰有餘

艭村石

子奇款

註：本單元所介紹的尼山石石壺、艭村石石壺、靈岩石石壺等，係由台北「**中寶齋**藝品公司」提供，在此謹致上最高謝意。

賞析　打破壺的形制之限，呈現完整的魚型。施藝精巧、細膩、生動、鮮活，賦予此壺無窮之生命力。

蒸籠壺　　尼山石

子奇款

賞析　貌似蒸籠，蒲葵編成壺蓋、纏塑爲鈕，曲流，圓把，圓錐壺身。陳舊而復古的造型，令人懷想舊情綿綿。

犀牛壺 — 尼山石

賞析　如身披盔甲的大小戰士，英武的雄姿，銳不可當。回紋文樣，遍飾壺身，粗獷中帶有古意。

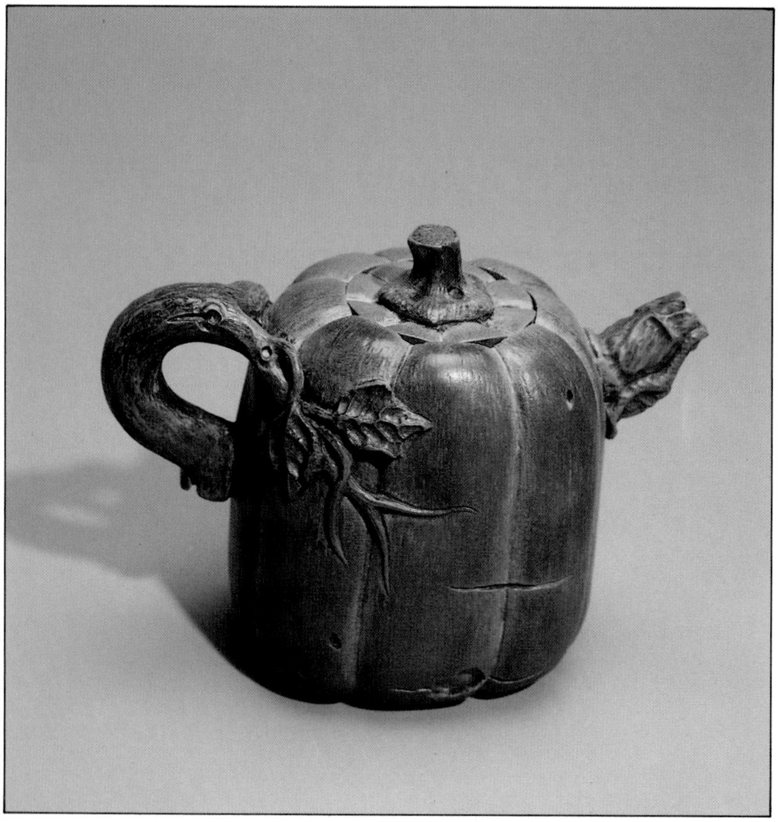

南瓜壺 — 尼山石

賞析　形制如南瓜，挑高造型，令人耳目一新。南瓜核心，堆塑種籽無數，寫實而立體，栩栩如生。

南瓜壺——端石

賞析　以南瓜軸爲鈕，南瓜藤蔓自提把底部向上攀爬，纏繞壺身，生出葉脈，流瀉生機。

南瓜壺——端石

賞析　壁面施釉，透著晶瑩，細細端詳，似棕色布幔前的一幅蘆葦搖曳圖，任由風的放浪，布幔張羅。

南瓜壺——端石

賞析　似南瓜葉塑成壺，壺身遍飾葉脈，中腰有一蜿蜒的帶狀物，加以阻絕。又似裹著棕葉的南瓜，釋出幽幽清香。

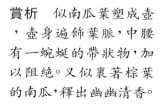

縱情天下獨愛壺
遊刃有餘紫砂間

中國宜興陶瓷博物館工藝美術師曹洪喜，近年來創作之《國寶系列茶具》及《紫砂禪鳴壺》，相繼受到廣東省博物館之青睞，被視為藝術珍品而加以典藏。這不僅是宜興紫砂茶具首次被該館珍藏的個人作品，亦為壺藝史上曠古空前的新記錄。

日前，其《國寶系列茶具》又於「中國傳統工藝美術精品藝術鑒定會」中獲獎。成為大陸媒體爭相報導的焦點，炙手可熱的景況可見一斑。

這位國寶級的工藝美術大師，現年44歲，精通書畫，雕刻，造型設計和文字創作。曾於一九八八年舉辦個人雕刻作品展，並擔任「宜興陶藝廊地方工業產品展覽」之設計總監。其文字作品亦多次刊載於報上。

曹洪喜之所以享譽壺界，除了藝術功底的紮實與廣泛之外，其掌握傳統精萃，洞悉潮流的壺藝風格，才是歷久彌新之道。我們可以從入選為館藏的《國寶系列茶具》及《紫砂禪鳴壺》，得到印證。前者揉合了篆刻、雕塑、文學、造型，富有濃郁民族色彩，被大陸報刊譽為「紫砂茶具之最」。後者神韻獨創，壺藝層次無人能出其右，深具賞析價值。

肆、玩壺藏壺論賞壺

石茶盤從誕生到現在，在短短的幾年內便已由純實用，躍居藝術品之林。（潘宗盛雕製）

有人說，源自明代的壺藝，涵蓋了傳統文化、實用與藝術三方面的價值。它雖是「飲茶藝術」的範疇之一，但隨著歷代的演進，如今已儼然成爲一門獨立的知識與藝術。

泡茶把玩茶壺，泡完茶後將茶壺擺放到橱櫃內收藏起來，閒暇之餘隨手取出心愛茶壺鑑賞、品味一番。玩壺、藏壺與賞壺，是構成壺藝的三大架構，也是壺藝演化、發展的三步曲。

壺迷對於愛壺，先由使用它而後珍惜它、收藏它，進而達到欣賞它的藝術境界，壺藝的藝術地位、價值於焉誕生。

順眼就是好

欣賞茶壺，其著眼點爲何？有無特定形式？

壺藝雖說是始於明代，但卻是近十幾年來才加以發揚光大的。從「陽羨茗壺系」文中可知，遠在明代對茶壺就已獨鍾宜興紫砂陶，而排斥其他材質做成的茶壺。

然而筆者以爲，若純粹居於使用功能上，其他材質的茶壺或許略遜於紫砂壺，若站在藝術欣賞的立場，則其他材質的茶壺不見得亞於紫砂壺。

器皿在創始之初，使用功能重於一切，茶壺亦不例外。茶壺隨著時代的轉變、進化，漸漸超越生活的窠臼，成爲既可親又富收藏、欣賞價值的工藝美術品。至此，使用功能有時反而顯得微不足道了。

「順眼就好」是筆者對茶壺所持的一貫理念。

鴨嘴仿古壺

張志强款

賞析　色呈朱紅，泥質細膩，溫潤可掬，暗生餘韻。鴨嘴曲流，獨樹一幟，一彎圓把，散盡柔情。

正確賞壺觀念

藝術本來並無一定的範疇，也不受任何形式所規範。然而藝術的欣賞卻必須有其基本的準則可憑依。否則難以防患不肖之徒，假藝術之名行詐騙之實。

今日的台灣壺藝，仍以宜興紫砂壺爲主流。不過，十多年來，本省亦出現數位陶塑名家，所製作完成的茶壺作品，無論是形、質、色等方面，比之大陸宜興紫砂壺名家，均有過之而無不及。

其次，堪稱本省特殊藝術的石壺，近年來業已茁壯，並發展出另一個特有空間，廣受壺迷的喜愛，收藏、欣賞石壺也逐漸蔚爲一股強勁的風氣。

就單純的藝術觀點而言，不管是紫砂壺、瓷壺或石壺，都各具優點與欣賞價值。所謂「順眼就是好」，身爲一個現代人，都應具備此一正確的藝術觀念。玩壺、賞壺首重觀念的正確，觀念正確才能體會出壺的眞正韻味與美感，而不致於步上「玩物喪志」、「走火入魔」之途。

近年來，國內投機風氣頗盛，許多人並不是因爲眞正的懂壺、愛壺而收藏壺，而是本著投機心態，想在轉眼間賺取巨大差額。於是將茶壺當成商品大炒特炒，這種做法與想法錯得離譜，不僅會讓自己變得俗不可耐，且會對業已茁壯的「**壺藝**」造成莫大的傷害。

■賞壺四大準則

茶壺原本是為了因應飲茶方式而產生，所以前面已提到，「**壺藝**」乃屬「**飲茶藝術**」的範疇之一。古人創造茶壺的目的，無非只是為了「**實用**」兩個字。

自從供春將茶壺藝術化之後，茶壺的造型、質料等便日新月異，而人們對茶壺的觀念也一變再變。由原先視之為單純實用工具的理念，一改為超越「**實用目的範圍**」的藝術品。於是工藝家開始講究它的完美精良、奇巧美觀，乃至本身所散發出來的藝術美，藉以提昇人們的感官享受，達到**賞心悅目**、**怡情養性**的功效。

一件完美的茶壺作品，本身蘊涵有它的藝術語言，能給觀賞者一種美的自然感受，是作者精神、個性、內涵與創作智慧的表現。

當我們在欣賞一件好的茶壺作品時，應從它的**形態**（**造型**）、**氣質**、**神韻**三方面著眼。只要是好的作品，不論壺身是大是小、是高是扁、是方是圓、壺嘴是彎、是斜或是直，都必須存乎「**有趣**」兩字。作品「**有趣**」必然會讓人對它產生感情與愛心，有了感情與愛心，自然百玩不厭、百看不煩。

鑑賞茶壺，大概不外乎「**四大準則**」，即「**一、造型美，二、材質美，三、結構美，四、功能美**」。

高竹冬筍壺

一件完美的作品本身蘊涵有它的藝術語言。

躍明制陶

賞析　竹節曲流，冬筍鈕，竹節環把，無頸，失肩，壺身線條如內陷的弦，弧度緩，底部微向外撇。

▲壺身各部位的對稱也是一種美。

紅木橫把壺

徐達明款

賞析　色紫而黑，圓潤光鮮，形制不落俗套，新穎奇巧。下襬飾有一周回紋，更添雅緻，品味獨具。

①造型美

有人稱茶壺是一種立體造型的民間藝術品。的確，造型只要合乎美的要求，就是一種藝術的表現。果若美而眞、美而無缺，欣賞價值自然產生。茶壺具備了造型美，會予觀賞者良好的視覺感受，我們欣賞茶壺，首先是欣賞它的造型美。

②材質美

茶壺的材質好壞，主要是依土胎胎骨及色澤而定。壺不論新、古，胎骨硬、密，色澤光潤細膩，讓人在觸摸時，會由衷產生一股難以言喻的舒暢感。

③結構美

一把好的壺，它的每一部位的大小搭配，都是恰到好處，都是美的表現。壺嘴、壺蓋、壺身、壺把等的結合，若能對稱，自然也是一種美，可增進觀賞者的感官享受與內心的調和。

④功能美

指的是茶壺實用性質的完美。傾壺倒水時的順手，出水的柔和曲美，在在蘊藏著無限美感。

總之，每個人對藝術品的欣賞角度各有不同，對美感的定義也自然相異。欣賞茶壺，重要的是您個人的感受如何，只要您看得舒服、看得順眼、滿意也就夠了，不必太在意別人的觀點與感受。您覺得紫砂壺可愛就去玩賞紫砂壺，覺得石壺美就收藏石壺，只要能拋開世俗的「利益心」，紫砂壺、瓷壺、石壺一樣是壺，在您的慧眼裏，都會閃爍出各自的優點與美感。

附一

茶經

茶經卷中

竟陵陸羽撰

四之器

風爐灰承　筥　炭檛　鍑

交床　夾　紙囊　碾拂末

羅合　則　水方　漉水囊

瓢　竹筴　鹺簋揭　熟盂

盌　畚　札　滌方

巾　具列　都籃

風爐灰承

風爐以銅鐵鑄之如古鼎形厚三分緣闊九分令六分虛中致其杇墁凡三足古文書二十一字一足云坎上巽下離于中一足云體均五行去百疾一足云聖唐滅胡明年鑄其三足之間設三窗底一窗以爲通飈漏燼之所上並古文書六字一窗之上書伊公二字一窗之上書羹陸二字一窗之上書氏茶二字所謂伊公羹陸氏茶也置墆埌於其內設三格其一格有翟焉翟者火禽也畫一卦曰離其一格有彪焉彪者風獸也畫一卦曰巽其一格有魚焉魚者水蟲也畫一卦曰坎巽主風離主火坎主水風能興火火能熟水故備其三卦焉其飾以連葩垂蔓曲水方文之類其爐或鍛鐵爲之或運泥爲之其灰承作三足鐵柈擡之

筥

筥以竹織之高一尺二寸徑闊七寸或用藤作木楦如筥形織之六出固眼其底蓋若利篋口鑠之

炭檛

炭檛以鐵六稜制之長一尺銳一豐中執細頭系一小鍰以飾檛也若今之河隴軍人木吾也或作鎚或作斧隨其便也

火筴

火筴一名筯若常用者圓直一尺三寸頂平截無蔥臺勾鏁之屬以鐵或熟銅製之

鍑音輔或作釜或作鬴

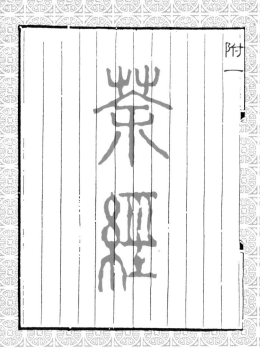

鍑以生鐵爲之今人有業冶者所謂急鐵其鐵以耕刀之趄鍊而鑄之内摸土而外摸沙土滑於内易其摩滌沙澁於外吸其炎焰方其耳以正令也廣其緣以務遠也長其臍以守中也臍長則沸中沸中則末易揚末易揚則其味淳也洪州以瓷爲之萊州以石爲之瓷與石皆雅器也性非堅實難可持久用銀爲之至潔但涉於侈麗雅則雅矣潔亦潔矣若用之恒而卒歸於銀也

交床

交床以十字交之剜中令虛以支鍑也

夾

夾以小青竹爲之長一尺二寸令一寸有節節已上剖之以炙茶也彼竹之篠津潤于火假其香潔以益茶味恐非林谷間莫之致或用精鐵熟銅之類取其久也

紙囊

紙囊以剡藤紙白厚者夾縫之以貯所炙茶使不泄其香也

碾 拂末

碾以橘木爲之次以梨桑桐柘爲臼内圓而外方内圓備於運行也外方制其傾危也内容墮而外無餘木墮形如車輪不輻而軸焉長九寸闊一寸七分墮徑三寸八分中厚一寸邊厚半

茶經

寸軸中方而執圓其拂末以鳥羽製之

羅合

羅末以合蓋貯之以則置合中用巨竹剖而屈之以紗絹衣之其合以竹節爲之或屈杉以漆之高三寸蓋一寸底二寸口徑四寸

則

則以海貝蠣蛤之屬或以銅鐵竹匕策之類則者量也准也度也凡煑水一升用末方寸匕若好薄者減之嗜濃者增之故云則也

水方

水方以椆木槐楸梓等合之其裏并外縫漆之受一斗

漉水囊

漉水囊若常用者其格以生銅鑄之以備水濕無有苔穢腥澁意以熟銅苔穢鐵腥澁也林栖谷隱者或用之竹木木與竹非持久涉遠之具故用之生銅其囊織青竹以捲之裁碧縑以縫之紐翠鈿以綴之又作綠油囊以貯之圓徑五寸柄一寸五分

瓢

瓢一曰犧杓剖瓠爲之或刊木爲之晉舍人杜毓荈賦云酌之以匏匏瓢也口闊脛薄柄短永嘉中餘姚人虞洪入瀑布山採茗遇一道士云吾丹丘子祈子他日甌犧之餘乞相遺也犧木

杓也今常用以梨木為之
竹筴
竹筴或以桃柳蒲葵木為之或以柹心木為之
長一尺銀裹兩頭
鹺簋 揭
鹺簋以瓷為之圓徑四寸若合形或瓶或罍貯
鹽花也其揭竹制長四寸一分闊九分揭策也
熟盂
熟盂以貯熟水或瓷或沙受二升
盌
盌越州上鼎州次婺州次岳州次壽州洪州次
或者以邢州處越州上殊為不然若邢瓷類銀

越瓷類玉邢不如越一也若邢瓷類雪則越瓷
類氷邢不如越二也邢瓷白而茶色丹越瓷青
而茶色綠邢不如越三也晉杜毓荈賦所謂器
擇陶揀出自東甌甌越也甌越州上口脣不卷
底卷而淺受半升已下越州瓷岳瓷皆青青則
益茶茶作白紅之色邢州瓷白茶色紅壽州瓷
黃茶色紫洪州瓷褐茶色黑悉不宜茶
畚
畚以白蒲捲而編之可貯盌十枚或用筥其紙
帊以剡紙夾縫令方亦十之也
札
札緝栟櫚皮以茱萸木夾而縛之或截竹束而

茶經

管之若巨筆形
滌方
滌方以貯滌洗之餘用楸木合之制如水方受
八升
滓方
滓方以集諸滓製如滌方處五升
巾
巾以絁布為之長二尺作二枚互用之以潔諸
器
具列
具列或作床或作架或純木純竹而製之或木
法竹黃黑可扃而漆者長三尺闊二尺高六寸

其到者悉斂諸器物悉以陳列也
都籃
都籃以悉設諸器而名之以竹篾內作三角方
眼外以雙篾闊者經之以單篾纖者縛之遞壓
雙經作方眼使玲瓏高一尺五寸底闊一尺高
二寸長二尺四寸闊二尺
茶經卷中

陽羨茗壺系

光緒乙酉武進盛
氏用舊鈔本重彫
並洞山岕茶系

附二

陽羨茗壺系

江陰周高起伯高

壺於茶具用處一耳而瑞草名泉性情攸寄實仙子之洞天福地梵王之香海蓮邦審厥尚焉非曰好事已也故茶至明代不復碾屑和香藥製團餅此已遠過古人近百年中壺黜銀錫及閩豫甆而尚宜興陶又近人遠過前人處也陶曷取諸取諸其製以本山土砂能發真茶之色香味不但杜工部云傾金注玉驚人眼高流務以免俗也至名手所作一壺重不數兩價重每一二十金能使土與黃金爭價世日趨華抑足感矣因考陶工陶土而為之系

創始

金沙寺僧久而逸其名矣聞之陶家云僧閒靜有致習與陶缸甕者處摶其細土加以澄練捏築為胎規而圓之刳使中空踵傳口柄蓋的附陶穴燒成人遂傳用

正始

供春學使吳頤山家青衣也頤山讀書金沙寺中供春於給役之

暇竊仿老僧心匠亦淘細土摶胚茶匙穴中指掠內外指螺文隱起可按胎必累按故腹半尚見節腠視以辨真今傳世者栗色闇闇如古金鐵敦龐周正允稱神明垂則矣世以其孫龔姓亦書為龔春（人皆誤為龔予於吳冏卿家見時大彬所仿則刻供春二字足折聚訟云）

董翰號後谿始造菱花式已殫工巧

趙梁多提梁式亦有傳為名良者

袁錫（按袁姓據秋園雜佩更正）

時朋即大彬父是為四名家萬曆間人皆供春之後勁也董文巧而三家多古拙

李茂林行四名養心製小圓式妍在樸緻中允屬名玩

自此以往壺乃另作瓦囊閉入陶穴故前此名壺不免沾缸罈油淚

大家

時大彬號少山或淘土或雜硇砂土諸款具足諸土色亦具足不

務研媚而樸雅堅栗妙不可思初自仿供春得手喜作大壺後游婁東聞眉公與琅琊太原諸公品茶施茶之論乃作小壺几案有一具生人閒遠之思前後諸名家並不能及遂於陶人標大雅之遺擅空群之目矣

名家

李仲芳行大茂林子及時大彬門為高足第一製度漸趨文巧其父督以敦古仲芳嘗手一壺視其父曰老兄這箇如何俗因呼其所作為老兄壺後入金壇卒以文巧相競今世所傳大彬壺亦有仲芳作之大彬見賞而自署款識者時人語曰李大餅時大名

徐友泉名士衡故非陶人也其父好大彬壺延致家塾一日强大彬作泥牛為戲不即從友泉奪其壺土出門去適見樹下眠牛將起尚屈一足注視捏塑曲盡厥狀攜以視大彬一見驚歎曰如子智能異日必出吾上因學為壺變化其式仿古尊罍諸器配合土色所宜畢智窮工移人心目予嘗博考厥製有漢方扁觶小雲雷

提梁卣蕉葉蓮方菱花鵝蛋分襠索耳美人垂蓮大頂蓮一回角六子諸款泥色有海棠紅硃砂紫定窰白冷金黃淡墨沈香水石榴皮葵黃閃色梨皮諸名種種變異妙出心裁然晚年恆自歎曰吾之精終不及時之麤

雅流

歐正春多規花卉果物式度精研

邵文金仿時大彬漢方獨絕今尚壽

邵文銀

蔣伯荂名時英四人並大彬弟子蔣後客於吳陳眉公為改其字之敷為荂因附高流諱言本業然其所作堅緻不俗也

陳用卿與時同工而年技俱後負力尚氣嘗挂吏議在縲絏中俗名陳三騃子式尚工緻如蓮子湯婆缽盂圓珠諸製不規而圓已極研飭款仿鍾太傅帖意

陳信卿仿時李諸傳器具有優孟叔敖處故非用卿族品其所作

雖豐美遜之而堅瘦工整雅自不群貌寢意率自誇洪飲逐貴游閒不復壹志盡技閒多伺弟子造成修削署款而已所謂心計轉麤不復唱渭城時也

閔魯生名賢製仿諸家漸入佳境人頗醇謹見傳器則虛心企擬不憚改為技也進乎道矣

陳光甫仿供春時大為入室天奪其能早眚一目相視口的不極端緻然經其手摹亦具體而微矣

神品

陳仲美婺源人初造瓷於景德鎮以業之者多不足成其名棄之而來好配壺土意造諸玩如香盒花杯狻猊鑪辟邪鎮紙重鏤疊刻細極鬼工壺象花果綴以草蟲或龍戲海濤伸爪出目至塑大士像莊嚴慈憫神采欲生瓔珞花鬘不可思議智兼龍眼道子心思殫竭以一夭年

沈君用名士良踵仲美之智而研巧悉敵壺式上接歐正春一派

至尚象諸物製為器用不尚正方圓而笱縫不苟絲髮配土之妙色象天錯金石同堅自幼知名人呼之曰沈多梳（宜興垂髫之稱）巧殫厥心以甲申四月夭

別派

諸人見汪大心葉語附記中（休甯人字體玆號古靈）

邵蓋　周後谿　邵二孫　並萬曆閒人

陳俊卿亦時大彬弟子

周季山　陳和之　陳挺生　承雲從　沈君盛善仿友泉君用

並天啓崇禎閒人

沈子澈崇禎時人所製壺古雅渾樸嘗為人製菱花壺銘之曰石根泉蒙頂葉漱齒鮮滌塵熱

陳辰字共之工鐫壺款近人多假手焉亦陶家之中書君也

鐫壺款識即時大彬初倩能書者落墨用竹刀畫之或以印記後竟運刀成字書法閒雅在黃庭樂毅帖閒人不能仿賞鑒家

用以為別次則李仲芳亦合書法若李茂林硃書號記而已仲芳亦時代大彬刻款手法自遜

規仿名壺曰臨比於書畫家入門時

陶肆謠曰壺家妙手稱三大謂時大彬李大仲芳徐大友泉也予為轉一語曰明代良陶讓一時獨尊大彬固自匪佞

相傳壺土初出時先有異僧經行村落日呼曰賣富貴人群嗤之僧曰貴不要買買富何如因引村叟指山中產土之穴去及發之果備五色爛若披錦

嫩泥出趙莊山以和一切色土乃黏脯可築蓋陶壺之丞弼也

石黃泥出趙莊山即未觸風日之石骨也陶之乃變硃砂色

天青泥出蠡墅陶之變黯肝色又其夾支有梨皮泥陶見凍梨色淡紅泥陶見松花色淺黃泥陶見豆碧色蜜■泥陶見輕赭色梨皮和白沙陶見淡墨色山靈腠絡陶冶變化尚露種種光怪云

老泥出團山陶則白沙星星宛若珠琲以天青石黃和之成淺深古色

白泥出大潮山陶瓶盎缸缶用之此山未經發用載自吾鄉白石山（江陰秦望之東北支峰）

出土諸山其穴往往善徙有素產於此忽又他穴得之者實山靈有以司之然皆深入數十丈乃得

造壺之家各穴門外一方地取色土篩擣部署訖弆窖其中名曰養土取用配合各有心法秘不相授壺成幽之以候極燥乃以陶甕庋五六器封閉不隙始鮮欠裂射油之患過火則老老不美觀欠火則穉穉沙土氣若窯有變相匪夷所思傾湯貯茶雲霞綺閃直是神之所為億千或一見耳

陶穴環蜀山山原名獨東坡先生乞居陽羨時以似蜀中風景改名此山也祠祀先生於山椒陶烟飛染祠宇盡墨按爾雅釋山云獨者蜀則先生之銳改厥名不徒桑梓殷懷抑亦考古自喜云爾

壺供真茶正在新泉活火旋瀹旋啜以盡色聲香味之蘊故壺宜小不宜大宜淺不宜深壺蓋宜盎不宜砥湯力茗香俾得團結氤氳宜傾渴即滌去厥渟滓乃俗夫强作解事謂時壺質地堅潔注茶越宿暑月不餿不知越數刻而茶敗矣安俟越宿哉況真茶如蓴脂采即宜羹如筍味觸風隨劣悠悠之論俗不可醫

壺經用久滌拭日加自發闇然之光入手可鑒此為文房雅供若膩滓爛斑油光爍爍是曰和尚光最為賤相每見好事家藏列頗多名製而愛護垢染舒袖摩挲惟恐拭去曰吾以寶其舊色爾不知西子蒙不潔堪充下陳否耶以注真茶是藐姑射山之神人安置烟瘴地面矣豈不舛哉

壺之土色自供春而下及時大初年皆細土淡墨色上有銀沙閃點迨碙砂和製穀縐周身珠粒隱隱更自奪目

或問予以聲論茶是有說乎予曰竹鑪幽討松火怒飛蟹眼徐窺鯨波乍起耳根圓通為不遠矣然鑪頭風雨聲銅瓶易作不免湯腥砂銚亦嫌土氣惟純錫為五金之母以製茶銚能益水德沸亦聲清白金尤妙第非山林所辦爾

壺宿雜氣滿貯沸湯傾即沒冷水中亦急出水寫之元氣復矣

品茶用甌白瓷為良所謂素瓷傳靜夜芳氣滿閒軒也製宜弇口邃腸色浮浮而香味不散

茶洗式如扁壺中加一盎鬲而細竅其底便過水漉沙茶藏以閉洗過茶者仲美君用各有奇製皆壺史之從事也水杓湯銚亦有製之盡美者要以椰匏錫器為用之恆

附三　明、清時代中外甲子對照年表

公元	甲子	年號
明武宗	年號正德在位一六年	
一五〇六	丙寅	正德元年
一五〇七	丁卯	二年
一五〇八	戊辰	三年
一五〇九	己巳	四年
一五一〇	庚午	五年
一五一一	辛未	六年
一五一二	壬申	七年
一五一三	癸酉	八年
一五一四	甲戌	九年
一五一五	乙亥	一〇年
一五一六	丙子	一一年
一五一七	丁丑	一二年
一五一八	戊寅	一三年
一五一九	己卯	一四年
一五二〇	庚辰	一五年
一五二一	辛巳	一六年
明世宗	年號嘉靖在位四五年	
一五二二	壬午	嘉靖元年
一五二三	癸未	二年
一五二四	甲申	三年
一五二五	乙酉	四年
一五二六	丙戌	五年
一五二七	丁亥	六年
一五二八	戊子	七年
一五二九	己丑	八年
一五三〇	庚寅	九年
一五三一	辛卯	一〇年
一五三二	壬辰	一一年
一五三三	癸巳	一二年
一五三四	甲午	一三年
一五三五	乙未	一四年
一五三六	丙申	一五年
一五三七	丁酉	一六年
一五三八	戊戌	一七年
一五三九	己亥	一八年
一五四〇	庚子	一九年
一五四一	辛丑	二〇年
一五四二	壬寅	二一年
一五四三	癸卯	二二年
一五四四	甲辰	二三年
一五四五	乙巳	二四年
一五四六	丙午	二五年
一五四七	丁未	二六年
一五四八	戊申	二七年
一五四九	己酉	二八年
一五五〇	庚戌	二九年
一五五一	辛亥	三〇年
一五五二	壬子	三一年
一五五三	癸丑	三二年
一五五四	甲寅	三三年
一五五五	乙卯	三四年
一五五六	丙辰	三五年
一五五七	丁巳	三六年
一五五八	戊午	三七年
一五五九	己未	三八年
一五六〇	庚申	三九年
一五六一	辛酉	四〇年
一五六二	壬戌	四一年
一五六三	癸亥	四二年
一五六四	甲子	四三年
一五六五	乙丑	四四年
一五六六	丙寅	四五年
明穆宗	年號隆慶在位六年	
一五六七	丁卯	隆慶元年
一五六八	戊辰	二年
一五六九	己巳	三年
一五七〇	庚午	四年
一五七一	辛未	五年
一五七二	壬申	六年
明神宗	年號萬曆在位四七年	
一五七三	癸酉	萬曆元年
一五七四	甲戌	二年
一五七五	乙亥	三年
一五七六	丙子	四年
一五七七	丁丑	五年
一五七八	戊寅	六年
一五七九	己卯	七年
一五八〇	庚辰	八年
一五八一	辛巳	九年
一五八二	壬午	一〇年
一五八三	癸未	一一年
一五八四	甲申	一二年
一五八五	乙酉	一三年
一五八六	丙戌	一四年
一五八七	丁亥	一五年
一五八八	戊子	一六年
一五八九	己丑	一七年
一五九〇	庚寅	一八年
一五九一	辛卯	一九年
一五九二	壬辰	二〇年
一五九三	癸巳	二一年
一五九四	甲午	二二年
一五九五	乙未	二三年
一五九六	丙申	二四年
一五九七	丁酉	二五年
一五九八	戊戌	二六年
一五九九	己亥	二七年
一六〇〇	庚子	二八年
一六〇一	辛丑	二九年
一六〇二	壬寅	三〇年
一六〇三	癸卯	三一年
一六〇四	甲辰	三二年
一六〇五	乙巳	三三年
一六〇六	丙午	三四年
一六〇七	丁未	三五年
一六〇八	戊申	三六年
一六〇九	己酉	三七年
一六一〇	庚戌	三八年
一六一一	辛亥	三九年
一六一二	壬子	四〇年
一六一三	癸丑	四一年
一六一四	甲寅	四二年
一六一五	乙卯	四三年
一六一六	丙辰	四四年
一六一七	丁巳	四五年
一六一八	戊午	四六年
一六一九	己未	四七年
明光宗	年號泰昌在位三〇日	
一六二〇	庚申	泰昌元年
明熹宗	年號天啓在位七年	
一六二一	辛酉	天啓元年
一六二二	壬戌	二年
一六二三	癸亥	三年
一六二四	甲子	四年
一六二五	乙丑	五年
一六二六	丙寅	六年
一六二七	丁卯	七年
明思宗	年號崇禎在位一六年	
一六二八	戊辰	崇禎元年
一六二九	己巳	二年
一六三〇	庚午	三年
一六三一	辛未	四年
一六三二	壬申	五年
一六三三	癸酉	六年
一六三四	甲戌	七年
一六三五	乙亥	八年
一六三六	丙子	九年
一六三七	丁丑	一〇年
一六三八	戊寅	一一年
一六三九	己卯	一二年
一六四〇	庚辰	一三年
一六四一	辛巳	一四年
一六四二	壬午	一五年
一六四三	癸未	一六年
清世祖	年號順治在位一八年	
一六四四	甲申	順治元年
一六四五	乙酉	二年
一六四六	丙戌	三年
一六四七	丁亥	四年
一六四八	戊子	五年
一六四九	己丑	六年
一六五〇	庚寅	七年
一六五一	辛卯	八年
一六五二	壬辰	九年
一六五三	癸巳	一〇年
一六五四	甲午	一一年
一六五五	乙未	一二年
一六五六	丙申	一三年
一六五七	丁酉	一四年
一六五八	戊戌	一五年
一六五九	己亥	一六年
一六六〇	庚子	一七年
一六六一	辛丑	一八年
清聖祖	年號康熙在位六一年	
一六六二	壬寅	康熙元年
一六六三	癸卯	二年
一六六四	甲辰	三年
一六六五	乙巳	四年
一六六六	丙午	五年
一六六七	丁未	六年
一六六八	戊申	七年
一六六九	己酉	八年
一六七〇	庚戌	九年
一六七一	辛亥	一〇年
一六七二	壬子	一一年
一六七三	癸丑	一二年
一六七四	甲寅	一三年
一六七五	乙卯	一四年
一六七六	丙辰	一五年
一六七七	丁巳	一六年
一六七八	戊午	一七年
一六七九	己未	一八年
一六八〇	庚申	一九年
一六八一	辛酉	二〇年
一六八二	壬戌	二一年
一六八三	癸亥	二二年
一六八四	甲子	二三年
一六八五	乙丑	二四年
一六八六	丙寅	二五年
一六八七	丁卯	二六年
一六八八	戊辰	二七年
一六八九	己巳	二八年
一六九〇	庚午	二九年
一六九一	辛未	三〇年
一六九二	壬申	三一年
一六九三	癸酉	三二年
一六九四	甲戌	三三年
一六九五	乙亥	三四年
一六九六	丙子	三五年
一六九七	丁丑	三六年
一六九八	戊寅	三七年
一六九九	己卯	三八年
一七〇〇	庚辰	三九年
一七〇一	辛巳	四〇年
一七〇二	壬午	四一年
一七〇三	癸未	四二年
一七〇四	甲申	四三年
一七〇五	乙酉	四四年

公元	甲子	年號
一七〇六	丙戌	四五年
一七〇七	丁亥	四六年
一七〇八	戊子	四七年
一七〇九	己丑	四八年
一七一〇	庚寅	四九年
一七一一	辛卯	五〇年
一七一二	壬辰	五一年
一七一三	癸巳	五二年
一七一四	甲午	五三年
一七一五	乙未	五四年
一七一六	丙申	五五年
一七一七	丁酉	五六年
一七一八	戊戌	五七年
一七一九	己亥	五八年
一七二〇	庚子	五九年
一七二一	辛丑	六〇年
一七二二	壬寅	六一年
清世宗		年號雍正在位一三年
一七二三	癸卯	雍正元年
一七二四	甲辰	二年
一七二五	乙巳	三年
一七二六	丙午	四年
一七二七	丁未	五年
一七二八	戊申	六年
一七二九	己酉	七年
一七三〇	庚戌	八年
一七三一	辛亥	九年
一七三二	壬子	一〇年
一七三三	癸丑	一一年
一七三四	甲寅	一二年
一七三五	乙卯	一三年
清高宗		年號乾隆在位六〇年
一七三六	丙辰	乾隆元年
一七三七	丁巳	二年
一七三八	戊午	三年
一七三九	己未	四年
一七四〇	庚申	五年
一七四一	辛酉	六年
一七四二	壬戌	七年
一七四三	癸亥	八年
一七四四	甲子	九年
一七四五	乙丑	一〇年
一七四六	丙寅	一一年
一七四七	丁卯	一二年
一七四八	戊辰	一三年
一七四九	己巳	一四年
一七五〇	庚午	一五年
一七五一	辛未	一六年
一七五二	壬申	一七年
一七五三	癸酉	一八年
一七五四	甲戌	一九年
一七五五	乙亥	二〇年
一七五六	丙子	二一年
一七五七	丁丑	二二年
一七五八	戊寅	二三年
一七五九	己卯	二四年
一七六〇	庚辰	二五年
一七六一	辛巳	二六年
一七六二	壬午	二七年
一七六三	癸未	二八年
一七六四	甲申	二九年
一七六五	乙酉	三〇年
一七六六	丙戌	三一年
一七六七	丁亥	三二年
一七六八	戊子	三三年
一七六九	己丑	三四年
一七七〇	庚寅	三五年
一七七一	辛卯	三六年
一七七二	壬辰	三七年
一七七三	癸巳	三八年
一七七四	甲午	三九年
一七七五	乙未	四〇年
一七七六	丙申	四一年
一七七七	丁酉	四二年
一七七八	戊戌	四三年
一七七九	己亥	四四年
一七八〇	庚子	四五年
一七八一	辛丑	四六年
一七八二	壬寅	四七年
一七八三	癸卯	四八年
一七八四	甲辰	四九年
一七八五	乙巳	五〇年
一七八六	丙午	五一年
一七八七	丁未	五二年
一七八八	戊申	五三年
一七八九	己酉	五四年
一七九〇	庚戌	五五年
一七九一	辛亥	五六年
一七九二	壬子	五七年
一七九三	癸丑	五八年
一七九四	甲寅	五九年
一七九五	乙卯	六〇年
清仁宗		年號嘉慶在位二五年
一七九六	丙辰	嘉慶元年
一七九七	丁巳	二年
一七九八	戊午	三年
一七九九	己未	四年
一八〇〇	庚申	五年
一八〇一	辛酉	六年
一八〇二	壬戌	七年
一八〇三	癸亥	八年
一八〇四	甲子	九年
一八〇五	乙丑	一〇年
一八〇六	丙寅	一一年
一八〇七	丁卯	一二年
一八〇八	戊辰	一三年
一八〇九	己巳	一四年
一八一〇	庚午	一五年
一八一一	辛未	一六年
一八一二	壬申	一七年
一八一三	癸酉	一八年
一八一四	甲戌	一九年
一八一五	乙亥	二〇年
一八一六	丙子	二一年
一八一七	丁丑	二二年
一八一八	戊寅	二三年
一八一九	己卯	二四年
一八二〇	庚辰	二五年
清宣宗		年號道光在位三〇年
一八二一	辛巳	道光元年
一八二二	壬午	二年
一八二三	癸未	三年
一八二四	甲申	四年
一八二五	乙酉	五年
一八二六	丙戌	六年
一八二七	丁亥	七年
一八二八	戊子	八年
一八二九	己丑	九年
一八三〇	庚寅	一〇年
一八三一	辛卯	一一年
一八三二	壬辰	一二年
一八三三	癸巳	一三年
一八三四	甲午	一四年
一八三五	乙未	一五年
一八三六	丙申	一六年
一八三七	丁酉	一七年
一八三八	戊戌	一八年
一八三九	己亥	一九年
一八四〇	庚子	二〇年
一八四一	辛丑	二一年
一八四二	壬寅	二二年
一八四三	癸卯	二三年
一八四四	甲辰	二四年
一八四五	乙巳	二五年
一八四六	丙午	二六年
一八四七	丁未	二七年
一八四八	戊申	二八年
一八四九	己酉	二九年
一八五〇	庚戌	三〇年
清文宗		年號咸豐在位一一年
一八五一	辛亥	咸豐元年
一八五二	壬子	二年
一八五三	癸丑	三年
一八五四	甲寅	四年
一八五五	乙卯	五年
一八五六	丙辰	六年
一八五七	丁巳	七年
一八五八	戊午	八年
一八五九	己未	九年
一八六〇	庚申	一〇年
一八六一	辛酉	一一年
清穆宗		年號同治在位一三年
一八六二	壬戌	同治元年
一八六三	癸亥	二年
一八六四	甲子	三年
一八六五	乙丑	四年
一八六六	丙寅	五年
一八六七	丁卯	六年
一八六八	戊辰	七年
一八六九	己巳	八年
一八七〇	庚午	九年
一八七一	辛未	一〇年
一八七二	壬申	一一年
一八七三	癸酉	一二年
一八七四	甲戌	一三年
清德宗		年號光緒在位三四年
一八七五	乙亥	光緒元年
一八七六	丙子	二年
一八七七	丁丑	三年
一八七八	戊寅	四年
一八七九	己卯	五年
一八八〇	庚辰	六年
一八八一	辛巳	七年
一八八二	壬午	八年
一八八三	癸未	九年
一八八四	甲申	一〇年
一八八五	乙酉	一一年
一八八六	丙戌	一二年
一八八七	丁亥	一三年
一八八八	戊子	一四年
一八八九	己丑	一五年
一八九〇	庚寅	一六年
一八九一	辛卯	一七年
一八九二	壬辰	一八年
一八九三	癸巳	一九年
一八九四	甲午	二〇年
一八九五	乙未	二一年
一八九六	丙申	二二年
一八九七	丁酉	二三年
一八九八	戊戌	二四年
一八九九	己亥	二五年
一九〇〇	庚子	二六年
一九〇一	辛丑	二七年
一九〇二	壬寅	二八年
一九〇三	癸卯	二九年
一九〇四	甲辰	三〇年
一九〇五	乙巳	三一年
一九〇六	丙午	三二年
一九〇七	丁未	三三年
一九〇八	戊申	三四年
清宣統帝		年號宣統在位三年
一九〇九	己酉	宣統元年
一九一〇	庚戌	二年
一九一一	辛亥	三年

附四

茶具圖贊

茅一相撰

韋鴻臚

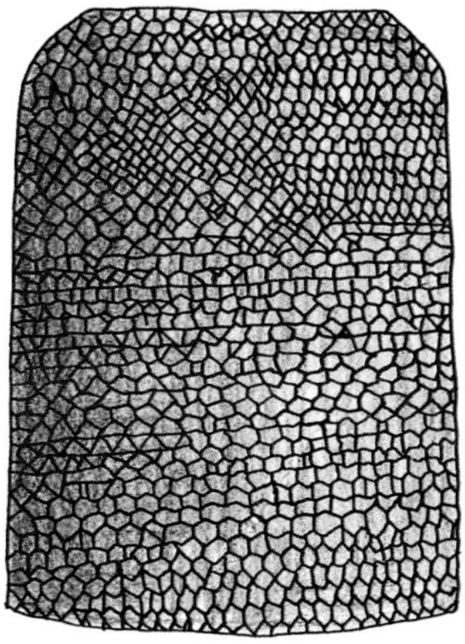

茶具圖贊 一

木待制

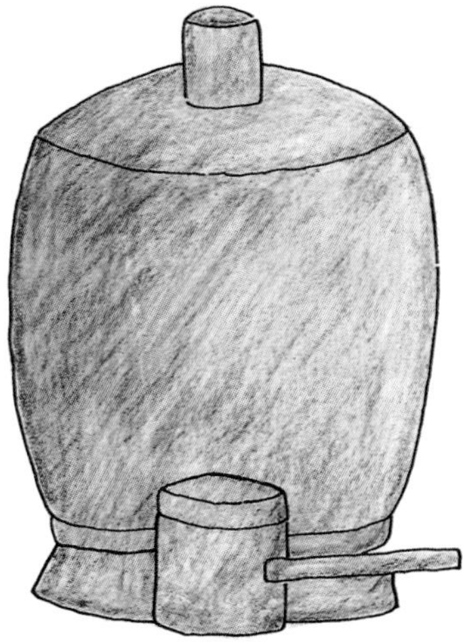

冠倫於癸酉年九月重打

茶具引

余性不能飲酒間與客對春苑之葩泛秋湖之月則客未嘗不飲
飲未嘗不醉予碩而樂之一染拍顏且酡矣兩眸子懵上然矣而
獨耽味於茗淸泉白石可以濯五臟之汚可以澄心氣之哲服之
不已覺兩腋習習淸風自生視客之沉酣酩酊久而忘倦庶亦可
以相當之嗟乎吾讀醉鄉記未嘗不神遊焉而間與陸鴻漸蔡君
謨上下其議則又爽然自釋矣乃書此以博十二先生一鼓掌云
庚辰秋七月既望花溪里芝園主人茅一相撰幷書

茶具圖贊

茶具十二先生姓名字號

韋鴻臚 文鼎 景暘 四窗閒叟
木待制 利濟 忽機 隔竹居人
金法曹 研古 元鍇 雍之舊民
轢古 仲鏗 和琴先生
石轉運 鑿齒 遄行 香屋隱君
胡員外 惟一 宗許 貯月僊翁
羅樞密 若築 傅師 思隱寮長
宗從事 子弗 不遺 掃雲溪友
漆雕秘閣 承之 易持 古臺老人
陶寶文 去越 自厚 兔園上賓
湯提點 發新 一鳴 温谷遺老
竺副師 善調 希點 雪濤公子
司職方 成式 如素 潔齋居士

咸淳己巳五月夏至後五日審安老人書

韋鴻臚

贊曰祝融司夏萬物焦爍火炎昆岡玉石俱焚爾無與焉乃若不
使山谷之英墮於塗炭子與有力矣上卿之號頗著微稱

金法曹

石轉運

木待制

上應列宿萬民以濟稟性剛直摧折彊梗使隨方逐圓之徒不能保其身善則善矣然非佐以法曹資之樞密亦莫能成厥功

金法曹

柔亦不茹剛亦不吐圓機運用一皆有法使強梗者不得殊軌亂轍豈不韙與

石轉運

抱堅質懷直心啖嚅英華周行不怠斡摘山之利操漕權之重循環自常不捨正而適他雖沒齒無怨言

胡員外

周旋中規而不踰其閒動靜有常而性苦其卓鬱結之患悉能破之雖中無所有而外能研究其精微不足以望圓機之士

羅樞密

幾事不密則害成今高者抑之下者揚之使精粗不致於混殽人

其難諸奈何矜細行而事諠譁惜之

宗從事

孔門高弟當洒掃應對事之末者亦所不棄又況能萃其既散拾其已遺運寸毫而使邊塵不飛功亦善哉

漆雕秘閣

危而不持顛而不扶則吾斯之未能信以其弭執熱之患無坳堂之覆故宜輔以寶文而親近君子

陶寶文

出河濱而無苦窳經緯之象剛柔之理炳其綳中虛已待物不飾外貌位高秘閣宜無愧焉

湯提點

養浩然之氣發沸騰之聲以執中之能輔成湯之德斟酌賓主間功邁仲對圜然未免外爍之憂復有內熱之患 何奈

竺副師

胡員外

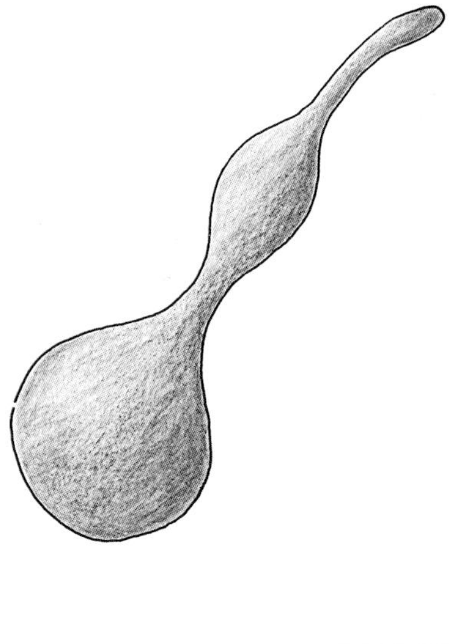

羅樞密

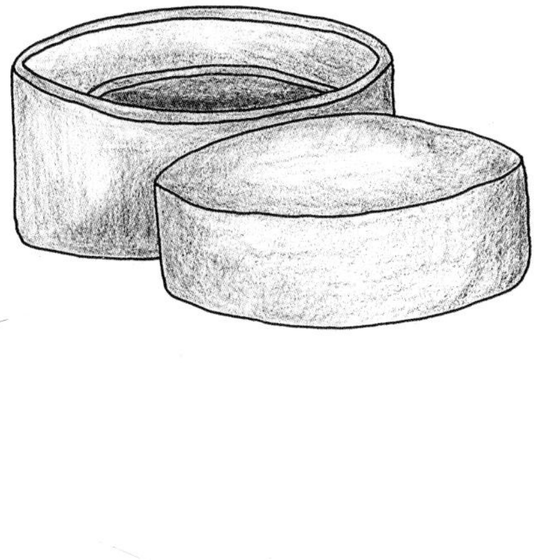

首陽餓夫毅諫於兵沸之時方金鼎揚湯能探其沸者幾希子之清節獨以身試非臨難不顧者疇見爾

司職方

互鄉　子聖人猶且與其進況端方質素經緯有理終身涅而不緇者與孔子之所以與潔也

飲之用必先茶而茶不見於禹貢蓋全民用而不為利後世榷茶立為制非古聖意也陸鴻漸著茶經蔡君謨著茶譜孟諫議寄盧玉川三百月團後侈至龍鳳之飾責當備於君謨制茶必有其具錫具姓而繫名寵以爵加以號季宋之彌文然清逸高遠上通王公下逮林野亦雅道也贊法遷固經世康國斯焉攸寓乃所願與十二先生周旋嘗山泉極品以終身此閑富貴也天豈靳乎哉野航道人長洲朱存理題

宗從事

漆雕秘閣

陶寶文

茶具圖贊 八

湯提點

竺副師

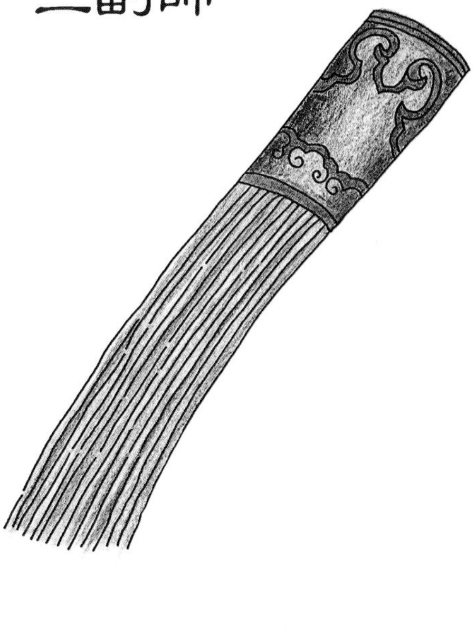

茶具圖贊 九

司職方

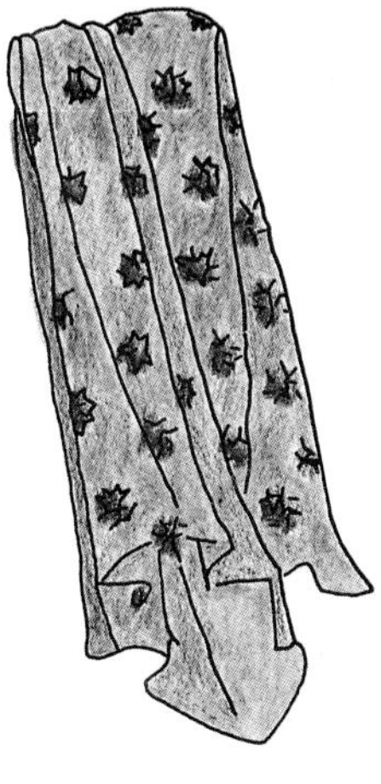

藝術之旅系列叢書

藝術之旅 1

撿石養石與賞石

雅石如同大自然的縮影，非但能表現巍峨高山的懾人氣勢；岩石斷崖的險峻壯闊，亦可展露千山萬水的秀麗雄渾；巨石飛瀑的白練柔情。無怪乎有人稱雅石是「無言的詩歌，立體的繪畫」。

平裝 300元　精裝 350元

藝術之旅 2

壽山石珍品集

本書涵蓋當代大陸壽山石雕大師郭功森、林炳生、周寶庭……等十數名家作品。

內容包括認識壽山石、賞石辨石與養石、石種特性與外觀。石種齊備、文字扼要簡明、圖文並茂。

平裝 300元　精裝 350元

藝術之旅 3

選壺養壺與賞壺

就藝術觀點而言，不管是紫砂壺、瓷壺或石壺，都各有各的優點與欣賞價值。

買壺、養壺及賞壺，首重觀念的正確，唯有如此，方能體會出茶壺真正的韻味與美感。

平裝 300元　精裝 350元

平裝　300元　精裝　350元

藝術之旅 4

台灣螺溪硯天下

若論螺溪硯之特色，大略言之，在於硯石之「顏色多」、「造形殊」、「色澤潤」，與夫材質之「耐磨發墨」及一般最常言、最引為傲的「貯水不乾」與「經冬不凍」等等。比之大陸的端硯及其他名硯，毫不遜色。

選壺養壺與賞壺

出版者	冠倫出版社	美術編輯	黃郁晴
發行人	張豐榮	電話	(02)9324493・9334524
登記字號	局版台業字第4797號	傳眞	(02)9333676
發行所	台北市萬盛街130巷3號	劃撥帳號	14668754（帳户　冠倫出版社）
編輯	張豐榮	電腦排版	玉山電腦排版事業有限公司
攝影	張豐榮	製版	太子彩色製版有限公司
助理編輯	郭玉梅	出版日期	82年9月
文字編輯	趙家梅・郭芸馨	定價	平裝300元・精裝350元